君は月夜に光り輝く
kimi wa tsukiyo ni hikarikagayaku
너는 달밤에
빛나고

"이제 곧 마지막 순간이 다가옵니다.
이것이 정말 마지막 부탁입니다."

君は月夜に光り輝く

너는 달밤에 빛나고

사노 테츠야 지음 — 박정원 옮김

D&C BOOKS

벚꽃의
계절과
리놀륨의
온도

short season, cold feeling

1

언덕길 양옆으로 벚꽃이 피어 있었다. 언덕 꼭대기에 올라서자, 새로 지은 느낌이 물씬 나는 병원이 눈에 들어왔다. 비교적 깨끗한 신축 건물로, 어쩐지 생활감이 별로 없었다. 병원인데도 회사 건물 같은 분위기였다. 그래서 다소 마음이 편해졌다. 접수창구로 가서 용건을 설명하니 선뜻 병실을 알려주었다.

이제 곧 생면부지의 타인을 만나게 된다고 생각하니 바짝 긴장되었다. 하물며 그 사람이 또래 여자아이인 데다 병으로 입원 중인 환자라면 더 말할 나위도 없다.

엘리베이터를 기다리는 동안에도 왠지 마음이 싱숭생숭했다.

엄청나게 예쁘다고 누군가 이야기했던 기억이 났다.

이름은 와타라세 마미즈라고 들었다.

고등학교 입학 첫날에 담임인 요시에 선생님이 낭랑한 목소리로 말했다.

"와타라세 마미즈 양은 중학교 때부터 심각한 병으로 장기 입원 중이에요. 하루빨리 퇴원해서 여러분과 함께 학교생활을 즐길 수 있었으면 좋겠네요."

교실에는 빈자리가 하나 있었다. 우리 학교는 중학교에서 그대로 같은 재단의 고등학교로 진학하는 사립 중고 일관교(一貫校)라서 학생들도 중학교 때와 비슷하다. 그럼에도 와타라세 마미즈를 아는 사람은 거의 없는 눈치였다.

"발광병(發光病)이라던데?"

"그럼 아마 학교에는 못 나오겠네."

"그나저나 대체 누군데?"

"중학교 1학년 5월부터 안 나왔다더라고."

"기억 안 나."

"누구 사진 있는 사람 없어?"

그 이야기는 잠시 교실에서 화젯거리가 되었지만, 별다른 정보가 없었던 탓인지 금세 잠잠해졌다.

그렇지만 발광병이라면 확실히 복학하기는 어려울지도 모른다. 발광병은 불치병으로 알려져 있기 때문이다.

원인은 모른다. 제대로 된 치료법도 없다.

완치되는 경우가 없어서 대개는 평생을 병원에서 보내게 된다. 성장하면서 차츰 병이 진행되어 어느 날 갑자기 발병한다. 대체로 10대나 20대 초반에 발병하는 경우가 많다고 들었다. 일단 발병하면 치사율이 높으며, 대부분 어른이 되기 전에 사망한다. 증세는 다양하지만, 그중에서도 가장 특징적인 증상은 바로 피부에 생기는 이변이다.

빛난다. 밤에 달빛을 쐬면 몸에서 형광색처럼 은은하고 옅은 빛이 난다. 병세가 악화될수록 그 빛은 서서히 더 강해진다. 그래서 발광병이라는 이름이 붙었다.

……어쨌든 와타라세 마미즈라는 여학생이 이 교실에 나타날 일은 없으리라. 그렇게 생각한 나는 그런 이야기는 재깍 잊어버리기로 마음먹었다.

그로부터 며칠 후, 쉬는 시간에 커다란 색지가 내 책상에 놓여 있었다.

"오카다, 이거 써."

"뭔데?"

"그 누구더라? 발광병 걸린 여자애. 걔한테 다 같이 롤링 페이퍼 써서 주기로 했대."

나는 시큰둥한 기분으로 색지에 대고 펜을 움직였다.

얼른 병이 나으면 좋겠네요. 오카다 타쿠야

3초 만에 뚝딱 그 한 문장만 써넣고는 색지를 다음 사람에게 넘기려고 했다.

"우와, 오카다 성의 없네."

"이제 누구한테 주면 돼?"

"이 주변 사람은 다 썼어. 아, 맞다. 카야마가 아직일걸? 걔한테 전달해. 너 카야마랑 친하잖아."

"별로 친하지는 않아."

그렇게만 대꾸하고 나는 카야마 자리로 향했다.

카야마 아키라는 여전히 칠칠맞지 못했다. 교복 셔츠가 바지 밖으로 삐져나온 채로 책상에 엎드려 세상모르고 자는 중이었다. 머리는 길고 키가 크다. 다만 일진 같은 분위기는 아니었다. 난폭함과는 거리가 멀지만, 불성실이라는 말의 표본 같은 남자였다. 그래도 잘생긴 편이라서 여자들에게는 인기가 있었지만, 말투가 어딘가 사람을 깔보는 인상을 풍겨 남자들은 대체로 조금 껄끄럽게 여기는 경향이 있었다.

"카야마, 일어나."

"설마 내가 미소녀가 득실대는 여자 기숙사 관리인으로 뽑힐 줄이야……."

잠꼬대였다. 보아하니 뭔가 팔자 좋은 꿈을 꾸는 것 같았다. 끈질기게 흔들어 깨워서 정신을 차리게 했다.

"어? 오카다잖아. 웬일이야?"

굳이 따지자면 가급적 카야마와 가까워지고 싶지 않다는 것이 내 본심이었다. 다만 그 까닭은 카야마의 무질서한 성격이 싫어서는 아니었다.

나는 예전에 카야마에게 일종의 **빚**을 진 적이 있다. 그래서 우리의 관계는 친구하고는 조금 달랐다. 내 입장에서 카야마라는 존재를 표현하기에 가장 적합한 말은 **은인**이었다.

실없는 잡담을 주고받으면서도 내심 긴장하고 만다. 카야마를 상대할 때면 항상 그런 미묘한 감정을 맛보고는 했다. 그래서 카야마는 내게 친근감을 불러일으키는 대상은 아니었다.

"롤링 페이퍼라던데. 그 왜 발광병 걸렸다는 애한테 줄 거."

"아, 그래?"

카야마는 내가 건네준 색지를 몽롱한 눈으로 훑어보았다.

"와타라세 마미즈라……."

그렇게 말하는 카야마의 목소리와 표정에는 어딘가 옛 기억을 떠올리는 분위기가 감돌았다. 나는 의아한 마음이 들어 물어보았다.

"아는 애야?"

"아…… 옛날에 좀. 지금은 와타라세로군."

혼잣말처럼 나직하게 카야마가 말했다.

"아무튼 써둘게."

카야마의 대답에 나는 다시 자리로 돌아가려고 몸을 돌렸다.

"오카다, 요즘 어때?"

카야마가 등 뒤에서 말을 걸어왔다.

"뭐가?"

"괜찮냐고."

"괜찮아."

나는 짜증을 억누르며 대답했다.

"넌 가끔 병드니까."

무언가를 꿰뚫어 보는 말투로 카야마가 말했다.

"난 정상이야."

쓸데없는 참견이라고 생각했지만, 입 밖에 내지는 않았다.

"그동안 다 함께 작성한 롤링 페이퍼도 완성됐으니, 이번 주말에 누군가 가서 전해주었으면 좋겠어요. 와타라세도 선생님보다는 같은 반 친구가 찾아가는 편이 더 반가울 테니까. 누구 가고 싶은 사람?"

요시에 선생님은 20대 초반으로 미인이지만, 교직 생활을 한 지 얼마 되지 않아서인지 학급 회의를 진행할 때는 아직 다소 어색한 구석이 있었다.

그런 말을 해봐야 귀찮다는 생각밖에 들지 않았다. 자발적으로 나서는 사람은 없겠지. 모두가 그렇게 예상했다. 그러면 결국 요시에 선생님이 누군가를 지목하는 흐름이 되기 마련이다. 제발 나만 안 걸리기를. 그런 감정을 숨기지도 않고 전원이 똑같이 고개를 숙였다.

그 순간, 카야마가 쓱 손을 들었다. 다들 놀라서 카야마 쪽을 돌아보았다.

"제가 갈게요."

"아, 그럴래? 그럼 미안하지만 부탁해도 될까?"

그때 카야마의 표정에서는 어딘가 기이한 빛이 감돌았다. 그 속에서는 뭔가 비장한 결의 같은 것이 엿보였다. 자진해서 나섰다는 사실이 믿기지 않을 정도였다.

……내키지 않으면 그냥 가만있어도 됐을 텐데. 카야마는 왜 굳이 가겠다는 말을 꺼낸 거지? 당시 나는 그것을 조금 의아하게 여겼다.

며칠 후, 일요일에 카야마가 뜬금없이 전화를 걸어 나를 불러냈다.

–부탁할 게 있어.

우리는 결코 평소 휴일에 만나는 사이가 아니었다. 따라서 그날의 연락은 나름 예외적인 경우라고 할 수 있었다.

성가셨지만 오라는 대로 카야마의 집으로 향했다.

"감기 걸렸어."

그렇게 말하며 문밖으로 나온 카야마는 잠옷 차림에 마

스크를 쓰고 있었다.

"열이 좀 나서."

하지만 아무리 봐도 열이 있는 것처럼 보이지는 않았다. 마치 환자 시늉을 하는 것 같은 느낌이었다.

"됐고, 부탁이 뭔데?"

나는 약간 짜증이 나서 카야마를 재촉했다.

"아, 그래서 말인데…… 와타라세 마미즈의 병문안, 못 가게 됐거든."

"그러니까 나더러 대타로 가라고?"

확인하듯 묻자, 카야마가 응 하고 짤막하게 대답했다. 그러더니 도로 들어가서 전해줘야 할 프린트 등등을 몽땅 챙겨 들고 왔다. 부탁한다는 말과 함께 카야마는 그 짐을 내게 떠넘겼다.

그리고 카야마는 더 이상의 대화를 거부하듯 빙글 몸을 돌려 집 안으로 모습을 감추어버렸다.

솔직히 무엇 하나 납득이 가지 않았다.

2

그리하여 나는 황금 같은 일요일에 모르는 여자아이의 문병을 가는 신세가 되고 말았다.

와타라세 마미즈가 입원한 병원은 전철 종점에 있었다. 평소에 학교 갈 때와는 반대 방향으로 30분가량 전철을 타고 이동한 끝에 내려야 할 정거장에 도착했다.

역에서 병원까지 걸어간 다음 접수창구에서 일러준 대로 엘리베이터를 타고 4층으로 올라갔다. 그리고 바닥에 리놀륨이 깔린 복도를 걸어 병실 앞에 다다랐다.

안으로 들어가 보니 병실은 다인실이었다. 환자는 전부 여성으로, 나이 지긋한 아주머니 두 분과 독서 중인 소녀가 있었다. 아마도 저 애가 와타라세 마미즈겠지. 나는 천천히 그쪽으로 다가갔다. 그러자 인기척을 느꼈는지 소녀가 책에서 눈을 떼고 고개를 들었다.

그 얼굴을 본 순간, 가슴이 뛰었다.

들은 대로 예뻤다.

예쁘지만, 닮은 사람은 딱히 떠오르지 않았다. 시선은 찌를 듯 날카로웠다. 자연스레 뻗은 긴 속눈썹과 우아한 쌍꺼풀이 새까만 눈동자를 그윽하게 감싸고 있어, 한층 인상적인 느낌을 자아냈다. 그리고 피부는 믿기 힘들 만큼 새하얬다. 털끝만큼도 볕에 그을리지 않은 피부 때문인지 그 소녀는 우리 반 다른 여학생들하고는 분위기가 전혀 달랐다. 마치 외국에서 살다 온 사람 같았다.

오뚝한 콧날과 갸름한 얼굴선, 수평으로 다문 작은 입.

반듯하게 편 등과 균형 잡힌 체형. 윤기 나는 머리카락이 가슴께에서 찰랑였다.

그 표정 어디에서도 교활한 구석은 찾아볼 수 없었고, 한결같이 올곧기만 했다.

"와타라세 맞지?"

나는 쭈뼛쭈뼛 소녀에게 말을 걸었다.

"맞는데. 넌?"

"오카다 타쿠야라고 해. 올봄부터 너랑 같은 반이야."

나는 간단히 자기소개를 했다.

"그렇구나. 처음 뵙겠습니다. 와타라세 마미즈예요. 저기, 타쿠야. 부탁이 있는데."

그녀는 다짜고짜 나를 성이 아닌 이름으로 불렀다.

"나를 부를 때는 마미즈라고 이름으로 불러줬으면 해."

넉살 좋게 서로를 이름으로 부르는 습관은 내게 없었으므로 의아한 마음이 들었다.

"왜?"

"성은 금방 바뀌어버리니까."

소녀는 그렇게 대답했다. 부모님이 이혼이라도 했나? 하지만 대뜸 그 이야기를 캐묻기는 조금 껄끄러웠다.

"알았어. 그럼 일단 마미즈라고 부를게."

"고마워. 나 이름으로 불리는 거 좋아해."

그렇게 말하고 그녀는 수줍게 웃었다. 그 순간 입술 사이로 하얀 앞니가 드러나, 그 새하얀 빛깔에 조금 놀랐다. 좋아한다고 이야기하는 그 말투에서는 묘하게 살가운 느낌이 났다.

“그런데 타쿠야, 오늘은 무슨 일로 온 거야?”

“아, 그게 전달할 프린트하고 롤링 페이퍼가 있어서. 반 친구가 가져다주면 더 좋아할 거라고 선생님이 그러셨거든.”

“응응, 맞아 맞아.”

봉투를 건네주자, 마미즈는 그 속에 담긴 롤링 페이퍼를 꺼내 들고 흥미진진한 기색으로 살펴보기 시작했다.

“타쿠야, 네가 쓴 메시지 뭔가 차갑지 않아?”

그 지적에 허둥지둥 롤링페이퍼를 들여다보았다. 내가 남긴 글이 색지 모서리 쪽에 곱게 적혀 있었다.

얼른 병이 나으면 좋겠네요. 오카다 타쿠야

“그런가? 으음…….”

그렇게 나쁜 메시지는 아니라고 본다. 하지만 너무 짧고, 3초 만에 휘갈겨 쓴 무성의함이 배어 나오는 느낌도 들었다. 그리고 마미즈는 그 사실을 눈치채지 못할 정도로 둔하지는 않다는 뜻이겠지.

“그런지도 모르겠다. 미안.”

나는 둘러대기를 포기하고 순순히 사과했다.

그러자 마미즈가 조금 놀란 표정으로 나를 보았다.

"그렇다고 사과할 만큼 차갑지도 않아."

화법이 참 독특하다고 생각했다.

"타쿠야, 혹시 사실은 오기 싫었어? 선생님이 억지로 떠맡긴 거야?"

원래는 카야마가 올 예정이었다고 사실대로 털어놓자니 뭔가 무신경한 느낌이 들었다. 선의의 거짓말이라는 표현도 떠올랐다.

"아니야, 내가 자원해서 온 거야."

"그래? 다행이다."

진심으로 안도한 기색으로 마미즈가 말했다. 머리는 좋은 것 같은데, 희로애락의 감정 표현이 명확한 타입이었다.

"이건 뭐야?"

나는 화제를 돌릴 생각으로 물었다. 침대 옆쪽 테이블에 수정 같은 유리구슬이 놓여 있었다. 유심히 살펴보니 그 유리구슬 안에는 작은 집 모형이 들어 있었다. 서양식 통나무집이었다. 창밖으로 새어 나오는 불빛의 연출이 마치 사람이 살고 있는 느낌을 주었다.

"아, 스노우 볼이라고 해. 나 그거 진짜 좋아하거든."

색지를 내려놓고 이리 줘보라며 손을 내밀기에 유리구

슬을 집어 마미즈에게 건네주었다.

"봐. 여기 눈이 있어."

들여다보니 유리구슬 속의 집 마당에는 눈송이를 본뜬 자잘한 종잇조각 같은 것이 잔뜩 깔려 있었다.

"아하."

"아직 감탄하기는 일러. 이걸 이렇게 흔들면……."

마미즈가 스노우 볼을 흔들어 보였다. 그러자 종잇조각들이 확 솟구쳐 올랐다. 어떤 원리인지, 그 종이 눈은 너울너울 춤추며 서서히 아래로 떨어져 내렸다.

"어때? 꼭 눈 같지?"

그 말처럼 눈 같았다.

"옛날에 아빠가 사준 거야. ……이제 아빠하고는 못 만나지만. 그래서 소중히 간직하고 있어."

역시 부모님이 헤어진 걸까. 그런 생각이 들었지만, 물어볼 엄두가 나지 않았다.

"이걸 보면서 상상하는 거야. 난 설국에 살고, 겨울이면 눈이 펑펑 내려. 입김은 늘 하얗고, 따뜻한 난롯가에 앉아서 책을 읽으며 지내는 거지. 그런 광경을 상상하며 즐거워하곤 해."

유리구슬 속에서는 여전히 눈이 내리고 있었다.

그 후로도 마미즈의 수다는 계속되었다. 혹시 말동무가

간절했나 싶은 생각이 들 정도였다. 하지만 딱히 거슬리지는 않았다. 그렇게 지루한 이야기도 아니었고, 마미즈의 말투가 마음에 들었기 때문이다.

저녁 무렵이 되어서야 대화가 끊겼다. 그래서 슬슬 돌아가기로 했다.

병실을 나서기 전에 마미즈가 내게 말했다.

"있지, 타쿠야. 조만간 또 놀러 와줄래?"

그 물음에 나는 그만 당황하고 말았다. 하지만 어딘가 쓸쓸해 보이는 마미즈의 얼굴을 보자, 차마 미안하지만 다시 올 생각은 없다는 이야기는 할 수 없었다.

"그래. 조만간 올게."

대신 나는 그렇게 막연한 대답을 했다.

"그리고 부탁이 있는데."

"뭔데?"

"아몬드 크러시 포키가 먹고 싶어."

마미즈가 조금 창피한 기색으로 말했다.

"포키? 그 막대 과자?"

"나 사실은 환자식밖에 먹으면 안 되거든. 게다가 우리 엄마는 엄하니까 부탁해도 사주지를 않아서. 병원 매점에서도 안 팔고. 부탁할 사람이 없어."

그렇게 말한 마미즈는 조심스럽게 내 눈치를 살피며 안

돼? 하고 애원조로 물었다.

"응, 뭐 알았어."

나는 별생각 없이 대답하고 병실을 나섰다.

3

"어떻든? 와타라세 마미즈."

이튿날 방과 후, 하굣길에 편의점 앞에 나란히 서서 아이스크림을 먹는데 카야마가 불쑥 물었다. 일종의 사례인지 카야마가 내 것까지 사주었다. 나는 아이스크림을 입으로 가져가며 멍하니 어제 있었던 일을 떠올렸다.

"뭐 확실히 예쁘기는 하더라."

질문의 초점은 그게 아니려니 하면서도 나는 대답했다.

"몸 상태는 어떻대?"

"글쎄?"

내심 이런 반응은 좀 그렇지 않나 하는 생각이 들었지만, 그렇게 대꾸했다.

"카야마, 아는 사이야?"

"옛날에 좀."

그렇게 얼버무리며 카야마는 말문을 흐렸다.

"아참, 걔네 부모님 이혼하셨어?"

약간 궁금했던 터라 카야마에게 물어보았다.

“응, 아마 그럴걸. 전에는 후카미라는 성을 썼으니까.”

영원히 아이스크림만 먹고 있을 수도 없는 노릇이므로 역으로 이동해서 전철을 탔다.

자리가 딱 한 군데 비어 있어서 내가 앉았다. 카야마는 손잡이에 매달린 채 나른하게 창밖을 바라보았다.

“부탁이 하나 더 있어.”

창밖으로 푸른 나무들과 주택가가 휙휙 스쳐 지나갔다.

“그 애하고 한 번 더 만나주지 않을래?”

“뭐?”

“언제 몸이 나아지는지 물어보고 와줘.”

이건 또 무슨 소리인가 싶었다. 병실에 다녀와 달라고 부탁한 시점부터 영문을 모르겠더니, 이제는 아예 의미불명이었다.

“네가 직접 물어봐.”

나는 살짝 넌덜머리가 나서 쏘아붙였다.

그런 이야기를 주고받는 사이, 전철이 카야마가 내릴 역에 도착했다.

“그리고 와타라세 마미즈한테 내 이야기는 하지 마.”

카야마는 그 말을 끝으로 뒤도 안 돌아보고 냉큼 전철에서 내려버렸다.

"야, 기다려. 대체 뭐 하자는 건데?"

그 뒷모습을 향해 말한 순간, 푸식 하고 김빠지는 소리를 내며 문이 닫히더니 전철이 다시 출발했다.

……변함없이 도통 속을 알 수가 없는 녀석이었다.

우리 집까지는 아직 조금 더 가야 했다. 어쩐지 이상하게 졸렸다. 눈을 감고 좌석 등받이에 깊숙이 몸을 기대자 까무룩 의식이 멀어져갔다.

눈을 떴을 때 전철은 이미 종점에 도착한 후였다. 세련되지 못한 카페의 간판과 개인이 운영하는 영세 서점이 늘어선 역 앞에 어설프게 가지를 친 가로수가 싱그러운 녹음을 더했다. 지방 도시의 종착역답게 참으로 서정적인 풍경이었다. 그 경치가 왠지 눈에 익었다. 그 바람에 퍼뜩 깨달았다.

와타라세 마미즈가 입원한 병원이 있는 역이다.

집 근처 역에서는 일곱 정거장이나 떨어진 곳이다. 한참을 지나쳐버리고 말았다. 이 열차는 종착역에 도착했다는 안내 방송에 부랴부랴 승강장에 내려선 순간, 역 안에 있는 매점이 눈에 띄었다. 쇼윈도에 진열된 포키가 불쑥 눈에 들어왔다. 그중에는 마미즈가 이야기한 아몬드 크러시도 있었다. 정신을 차리니 어느새 점원 아주머니에게 저거 하나 달라고 말하고 있었다. 건네받은 포키를 가방에 집어넣고 개찰구로 향했다.

이왕 여기까지 왔으니, 그런 김에 포키 정도는 사다 줘도 괜찮지 않을까 하는 생각이 들었기 때문이다.

병실로 갔지만 와타라세 마미즈는 없었다.

침대는 텅 비어 있었다.

"와타라세 양을 찾는 거라면 검사받으러 갔어요."

허둥지둥 목소리가 들려온 방향을 돌아보자, 같은 병실을 쓰는 사람 좋아 보이는 아주머니가 나를 바라보고 있었다.

언제 돌아올지 기약은 없었지만, 이왕 왔으니 잠시 기다려보기로 했다.

침대 옆 테이블에는 스노우 볼이 놓여 있었다.

집어 들고 어제 마미즈가 했던 것처럼 흔들어보았다.

스노우 볼 안에서 하늘하늘 눈이 내렸다. 그 속에 무언가 비밀이 숨어 있는 느낌이 들어 한동안 빤히 쳐다봤다. 하지만 당연히 아무리 들여다봐도 전혀 짐작조차 가지 않았다.

시험 삼아 스노우 볼을 마구 흔들어보았다. 속에서 맹렬한 눈보라가 휘몰아쳤다. 재미가 들려 여러 번 거칠게 흔들었다.

그러다 그만 놓치고 말았다.

스노우 볼이 아래로 떨어졌다. 수직으로 낙하해 병실 바닥과 충돌했다.

쨍그랑!

요란한 소리가 울려 퍼졌다.

사고 쳤다는 생각에 눈앞이 깜깜해졌다.

"어? 타쿠야다."

뒤에서 마미즈의 목소리가 들려오는 바람에 화들짝 놀라 고개를 돌렸다.

최악의 타이밍이었다.

"아……."

뒤늦게 마미즈가 내 발치의 유리 파편을 발견했다. 산산조각으로 부서진 스노우 볼의 잔해를 본 마미즈의 표정이 눈에 띄게 어두워졌다.

"괜찮아? 타쿠야, 어디 안 다쳤어?"

그렇게 말하며 어딘가 경황이 없는 기색으로 마미즈가 서둘러 다가왔다.

"난 괜찮은데…… 정말 미안."

그것 말고는 무슨 말을 더 해야 좋을지 알 수 없었다.

마미즈가 유리 조각으로 손을 뻗었다.

"아얏!"

손을 벤 그녀의 입에서 외마디 비명이 흘러나왔다. 그리고 이내 빨간 액체가 피부를 뚫고 스며 나왔다.

"진정해. 지금 가서 반창고 받아 올게. 내가 치울 테니까 침대에서 기다려, 알았지?"

서둘러 그렇게 당부하자, 마미즈는 말없이 침대로 올라가 벽에 기대앉았다.

나는 바로 간호사들이 있는 너스 스테이션(nurse station)에서 반창고를 받아 와 마미즈에게 건네주었다. 그리고는 그저 묵묵히 유리 파편을 주워 모았다.

정리가 일단락된 것 같기에 모아둔 유리 조각을 바깥에 있는 쓰레기통에 버리러 갔다.

병실로 돌아오자, 마미즈는 토대와 미니어처 집밖에 남지 않은, 더는 눈이 내리지 않게 되어버린 스노우 볼의 잔해를 손에 들고 무표정한 얼굴로 바라보고 있었다.

"어쩔 수 없어. 형태가 있는 것은 언젠가 부서지는 법이니까. ……살아 있으면서 죽지 않는 생명체가 없는 것과 마찬가지야."

그렇게 말하며 마미즈는 들고 있던 모형을 침대 옆 테이블에 내려놓았다.

"부서진 게 차라리 잘된 건지도 몰라."

그것은 어딘가 마음을 꽉 닫아걸고 하는 말처럼 들렸다.

"왜 그런 소리를 해?"

나는 망가뜨린 장본인이면서 무심코 그렇게 묻고 말았다.

"소중한 게 없어야 미련 없이 죽을 수 있을 것 같은 느낌이 드니까."

그런 미묘한 답변이 돌아왔다.

"있잖아, 타쿠야. 나 앞으로 얼마나 더 살 것처럼 보여?"

그렇게 물어본들 알 턱이 없다. 솔직히 말하면 발광병 환자가 장수했다는 이야기는 거의 들어보지 못했다. 하지만 적어도 겉으로만 보면 마미즈는 그런 불치병을 앓고 있다는 사실이 믿기지 않을 정도였다.

"모르겠는데."

나는 생각하기를 포기하고 대답했다.

"나 사실은 남은 수명 제로야."

마미즈의 목소리는 더없이 평온했다.

"유령 같은 거랄까? 작년 이맘때 1년 시한부 선고를 받았는데, 싱겁게 1년이 지나가 버렸어. ……사실은 벌써 죽었어야 해. 그런데 비교적 멀쩡하단 말이야. 왜 그럴까?"

그 말투는 마치 남의 이야기를 하는 것처럼 들렸다.

어째서 만난 지 얼마 되지도 않은 내게 그런 이야기를 하는 걸까.

"난 언제 죽는 걸까?"

기묘하게 밝은 목소리로 마미즈는 말했다.

그 순간 마음 한구석이 술렁였다.

어째서 그렇게 동요했는지 스스로도 알 수 없었다. 이 감정은 뭘까 하는 생각이 들었다. 고민해보아도 그 감정의 정체가 무엇인지 나 스스로도 이해가 가지 않았다.

집에 돌아와서도 나는 여전히 와타라세 마미즈에 관한 생각을 떨쳐내지 못했다. 거실 한쪽 구석의 불단 앞에 드러누워 생각을 거듭했다.

이해할 수 없었다. 마미즈의 머릿속을, 그 내면을. 아무리 머리를 굴려보아도 짐작조차 가지 않았다.

아직 10대다.

보통 사람은 죽음을 앞두면 절망한다. 비관한다. 슬픔을 주체하지 못하게 된다. 그러다 아무리 발버둥 쳐도 죽음을 피할 수 없다는 운명을 받아들이고 무력감에 사로잡힌다. 망연자실해서 허깨비처럼 변한다. 여든을 넘긴 할아버지가 돌아가셨을 때조차도 그랬던 느낌이 들었다.

그럼에도 마미즈의 말투는 마치 죽음이 기대된다는 식이었다.

그 이유가 무엇일까 생각했다.

그리고 왠지 그러고 싶은 마음이 들어 향을 피우고, 이름 모를 금속 사발 같은 것을 두들겨 땡 소리를 냈다.

불단 앞 영정 사진 속의 누나는 세일러복 차림으로 웃고 있었다.

오카다 메이코. 향년 15세.

내가 중학교 1학년일 때 차에 치여 죽은 우리 누나다.

그러고 보니 나는 어느새 메이코 누나와 같은 고등학교 1학년이 되어 있었다.

누나는 죽을 때 어떤 심정이었을까?

마지막으로 무슨 생각을 했을까?

불현듯 그런 생각이 들었다.

메이코 누나, 와타라세 마미즈라는 애를 만났어. 섬세해 보였는데, 신기하게도 죽음이 하나도 무섭지 않은 것 같더라.

하지만, 그렇지만 말이야.

누나는? 누나는 어땠어?

당연한 이야기지만, 마음속으로 어떤 질문을 던져도 사진 속의 누나는 묵묵부답이었다.

잘 시간이 되어 내 방 침대에 누운 후에도 그날은 좀처럼 잠들지 못했다. 어찌 된 영문인지 와타라세 마미즈의 얼굴이 자꾸만 눈앞에 어른거렸다.

난 언제 죽는 걸까?

그 목소리가 머릿속에서 끊임없이 울려 퍼졌다. 좋아하는 노랫가락이나 유독 끈질기게 귓가를 맴도는 광고 음악처럼 하염없이 반복되었다.

이튿날 학교에 가서 가방을 여니 안에서 아몬드 크러시 포키가 나왔다.

이걸 어떡하나 하는 생각이 들었다.

그런 사건이 터지는 바람에 그만 전해줄 기회를 놓치고 말았다.

망설이고 고민한 끝에, 나는 오로지 그 포키를 전해주기 위해서 하굣길에 한 번 더 마미즈의 병실에 들르기로 마음먹었다.

가는 길에 생각했다. 이렇게 하루가 멀다 하고 병실을 드나들면 아무래도 불편하지 않을까. 소중히 아껴온 물건을 부숴버린 나 따위 이제 꼴 보기도 싫다고 생각하는 게 아닐까.

곰곰이 생각해보니 역시 껄끄러웠다. 차라리 그때 화를 내주는 편이 나았다. 대놓고 성질을 부리고 분노를 터뜨리는 편이 나았다. 뱃속에서 저릿하고 불쾌한 통증이 퍼져 나갔다.

나는 왜 이런 기분을 맛보면서까지 그 애 주변을 맴도

는 걸까.

스스로도 신기했다. 어째서일까 생각해보았다.

그 이유는 아마도…… 분명 마미즈가 메이코 누나를 닮았기 때문일 것이다.

생김새가 비슷하다는 뜻은 아니다. 성격도 전혀 다르다. 딱 부러지게 설명하기는 힘들지만, 그런데도 어딘가 닮았다. 굳이 따지면 분위기라는 말이 가장 적합하지 않을까. **그때**의 메이코 누나와 와타라세 마미즈는 어딘가 닮은 구석이 있었다.

누나의 죽음에 관해 내 마음속에는 줄곧 풀리지 않는 의문이 존재했다.

마미즈 옆에 있다 보면 그 의문이 해소될 것 같은 느낌이 들었다.

병실 문 앞에서 걸음을 멈추고 나는 한 차례 심호흡을 했다. 깊게, 낮게 숨을 들이쉬었다가 다시 내쉬었다.

그런 다음 마침내 결심을 하고 안으로 들어갔다.

처음 만난 날처럼 와타라세 마미즈는 다인실 맨 안쪽 침대에 앉아 있었다. 가만 보니 노트를 들여다보며 무언가 쓰고 있는 눈치였다. B5 사이즈의 새 노트였다. 그것을 바퀴 달린 기다란 테이블 위에 펼쳐놓고 뭔가를 열심히 적어 넣고 있었다. 말을 걸기 꺼려지는 진지한 옆모습이었다. 그 바람에 한순간 멈칫하고 말았다. 그러자 인기척을 느꼈는지, 마미즈가 나를 발견하고 고개를 들었다.

"왔으면 왔다고 말을 하지 그랬어?"

마미즈가 의아한 표정으로 나를 보며 말했다.

"뭘 쓰는 거야?"

마미즈의 행동거지는 평범했다. 어제 병실을 떠났을 때처럼 건드리기만 해도 부서져버릴 것 같은 위태로운 분위기는 찾아볼 수 없었다. 그렇지만, 아니 그래서인지도 모르지만, 그런 마미즈의 반응에 나는 어딘지 모르게 거리감을 느꼈다.

"비밀."

노트를 집어 든 마미즈가 쓴 내용을 감추듯 책등을 내 쪽으로 향하게 했다.

"알았어."

어차피 일기 같은 거겠지. 나는 집요하게 물고 늘어지는 대신 가져온 포키를 테이블에 살포시 올려놓았다.

"우와, 아몬드 크러시다!"

마미즈가 눈을 반짝이며 포키를 집어 들고 먹어도 되느냐고 물었다. 내가 고개를 끄덕이자, 마미즈는 곱게 포장지를 뜯더니 오도독 소리 내며 포키를 베어 물었다.

"역시 그냥 포키하고는 다르다니까?"

뭐가 그리 기쁜지 마미즈는 흡족하게 웃었다.

"기분이다. 살짝 가르쳐줄게."

처음에는 무슨 소리인지 몰라 잠시 어리둥절했지만, 이내 노트 이야기임을 깨달았다.

"난 지금 죽기 전에 하고 싶은 일 리스트를 작성하는 중이야."

어디선가 들어본 적이 있는 이야기였다. 죽음을 앞두고 마지막으로 자기 인생을 되돌아보며 못다 한 일들과 미련, 소망을 이루는 이야기. 흔한 사연이라고 생각했다. 감동적인 재회라든가, 만나고 싶었던 유명인이라든가.

"요전에 검사받을 때 선생님한테 물어봤거든. 저요, 살 날이 대체 얼마나 남은 거예요? 하고. 그랬더니 복잡한 표정으로 잘은 모르지만 앞으로 반년은 더 버틸 수 있을 것 같다지 뭐야? 완전 돌팔이라니까. 사람 목숨을 뭐로 보는 건지. 아무튼 그래서 기왕 이렇게 된 김에 내게 남은 이 귀중한 시간을 조금이나마 유익하게 써보자고 결심한 거지."

그렇게 단숨에 설명하는가 싶더니, 마미즈는 이내 살짝 인상을 찌푸렸다.

"하지만 아무래도 안 될 것 같아."

"왜?"

“나, 밖에 못 나가거든. 이래 봬도 병세가 제법 위중해서 말이야. 외출 절대 금지라고 단단히 못을 박더라니까?”

그 대답에 불현듯 어떤 아이디어가 떠올랐다.

그것은 결코 바람직한 부류의 발상은 아니었다.

다만 나는 알고 싶었다.

그 노트에 무엇이 적혀 있는지.

어째서인지 무척 신경 쓰였다.

와타라세 마미즈가 죽기 전에 하고 싶은 일이 무엇인지.

“그거, 내가 도와줘도 될까?”

그래서 그만 충동적으로 제안하고 말았다.

마미즈가 놀란 기색으로 나를 마주 보았다.

“뭐? 왜?”

“속죄를 하고 싶어서. 스노우 볼을 깨뜨렸으니까. 돌이킬 수 없는 실수를 저질렀다고 생각해. 하지만 그냥 미안하다고 입으로만 사과해서는 뭔가 모자란 느낌이 든다고 해야 하나, 얄팍한 느낌이 들어서……. 설명을 잘 못 하겠는데…… 아무튼 그러니까 뭐든 좋아. 내가 할 수 있는 일이라면 뭐든지 할게.”

“정말로?”

짧은 침묵이 흐른 후, 마미즈가 불쑥 입을 열었다.

“정말 뭐든지 해줄 거야?”

목소리 톤이 살짝 올라갔다. 상대를 시험하는 말투였다.

"그래, 무조건. 약속할게."

나는 의욕이 앞서 그렇게 호언장담했다.

가만히 내 얼굴을 응시하던 마미즈가 별안간 눈을 동그랗게 뜨더니 아! 하고 나직한 탄성을 질렀다.

"방금 좋은 생각이 났어."

사고 구조가 어떻게 되어 있는 것인지 마미즈의 표정은 시시각각으로 달라졌다. 잔뜩 찌푸렸던 하늘이 활짝 개듯, 심각했던 표정이 순식간에 밝은 빛으로 돌변했다.

"있잖아, 한번 들어볼래?"

그 말에 문득 이상한 예감이 들었다.

마미즈가 하는 이야기를 계속 들었다가는 돌이킬 수 없는 길로 들어서고 마는 게 아닌가 하는 느낌이 들었다.

……그럼에도 나는 그 눈빛에 이끌려 반사적으로 되물었다.

"난 뭘 하면 되는데?"

그리하여 나와 와타라세 마미즈의 기묘한 인연이 시작되었다.

4

“이걸 타쿠야 네가 해줬으면 좋겠어.”

마미즈는 그렇게 말하고 조금 쑥스러운 기색으로 웃었다. 어딘가 어린아이 같은 미소였다.

“……뭐?”

무슨 이야기인지 좀처럼 감이 잡히지 않았다.

“네가 나를 대신해서 내가 죽기 전에 하고 싶은 일을 해줬으면 해. 그런 다음 그 소감을 여기 와서 나한테 들려줘.”

“그게 무슨 터무니없는…….”

나는 어안이 벙벙해져서 그렇게 대꾸했다. 머릿속에는 여전히 물음표가 백 개쯤 떠다녔다.

그런다고 무슨 의미가 있을까. 내가 하고 싶은 일을 눈앞의 타인이 대신하다니, 나라면 그저 열 받기만 할 텐데. 하지만 보아하니 마미즈는 그렇게는 생각하지 않는 눈치였다.

“하지만 어쩔 수 없잖아. 난 밖에 나가고 싶어도 못 나가는걸. 달리 뾰족한 수가 없는걸. 좋은 아이디어 같지 않아?”

마미즈는 마치 자신을 설득하듯 말했다. 사실은 자기가 직접 하고 싶겠지. 처음에는 그럴 작정이었을 것이다. 하지만 그럴 수 없는 사정이 있다는 말도 충분히 납득은 갔다.

"……어쨌든 무슨 말인지는 알겠어. 마미즈가 하고 싶은 일을 내가 대신 하면 된다 그거지? 그러고 나서 그 경험담을 들려주고."

나는 여전히 조금 혼란스러운 상태로 마미즈의 말을 곱씹어 보듯 물어보았다.

"응, 바로 그거야."

뭐가 좋은지 마미즈는 괜스레 생긋 웃었다.

"느닷없이 부담스러운 건 좀 그러니까, 처음에는 쉬운 걸로 해야겠지? 뭐로 할까……?"

마미즈는 그렇게 말하며 노트를 펼치고 진지한 눈빛으로 페이지를 살폈다. 그러다 갑자기 음흉한 미소를 짓더니 내게 말했다.

"그럼 이참에 당장 부탁할 게 있는데……."

솔직히 불길한 예감밖에 들지 않았다.

"나 죽기 전에 놀이공원에 가보고 싶었거든."

설명을 하자면 마미즈는 놀이공원에는 어렸을 때 부모님과 함께 가본 것이 다인 모양이었다. 그러다 보니 머리가 굵어진 지금 가면 과연 어떤 느낌일지 궁금하다는 이야기였다.

죽기 전에 하고 싶은 일이라기에 훨씬 더 거창한 소원을 상상했었다. 이루지 못한 원대한 미래의 꿈 같은 이야기가 나올 줄 알고 지레 겁을 먹기도 했다. 그러나 마미즈의 소망은 지극히 소시민적이고 소박했다. 그래서 처음에는 살짝 맥이 빠졌다.

"어? 그럼……."

그래놓고 곰곰이 생각해보니 그 계획을 실행하는 사람은 나라는 사실이 떠올라 그만 흠칫하고 말았다.

"그러니까 타쿠야, 나 대신 놀이공원에 다녀와."

"야, 잠깐만! ……농담이지?"

"진심인데?"

마미즈는 천연덕스럽게 그렇게 대꾸하고는 장난기 어린 미소를 지었다.

일주일 후, 나는 혼자서 우리 현(県) 바깥에 있는 유명한 테마파크를 찾았다.

뭐가 아쉬워서 다 큰 남자가 홀로 놀이공원에 와야 한단 말인가.

무릇 놀이공원이란 기본적으로 가족이나 연인과 함께 오는 곳이다. 그래야 마땅하다. 이런 데 혼자 오는 사람은 아무도 없을 거다. 하물며 지금은 봄철 황금연휴 기간이다. 눈에 들어오는 것이라고는 오로지 살인적인 숫자의 사람, 사람, 사람. 그리고 그들은 예상대로 커플이나 가족, 친구 같은 단체손님들이었다. 나처럼 혼자 온 사람은 당연히 눈을 씻고 찾아봐도 없었다.

놀이공원에 남자가 혼자 오다니, 제정신으로 할 짓이 못 된다. 광적인 놀이공원 마니아거나 아니면 실성했거나 둘 중 하나다. 하지만 나는 그중 어느 쪽에도 해당되지 않았다. 놀이공원 마니아도 아니고, 내 머리는 아직 정상이라고 믿고 싶다.

실제로 나는 엄청나게 튀었다. 그야 그렇겠지. 웬만한 연예인보다도 훨씬 눈길을 끈다 해도 과언이 아니었다. 스쳐 지나가는 사람들이 간혹 내 그늘진 얼굴을 들여다보고는 멀어져갔다. 가끔 노골적으로 나를 비웃는 사람이나 손가락질을 하며 웃는 양아치도 있었다. 나는 의심할 나위 없는 관심의 표적이었다.

난 미친놈이 아니야!

확성기에 대고 그렇게 부르짖고 싶은 마음이 굴뚝같았다. 대체 어디로 가면 확성기를 살 수 있지? 물어보면 가르쳐줄 사람이 있으려나? 실례지만 확성기가 좀 필요한데요, 어디서 파는지 아시나요? 잠깐만요! 저는 수상한 사람이 아니에요. 미친 사람이 아니라니까요! 가지 마세요!

…….

그러나 내게도 계획이라는 것이 있었다. 그냥 띵까띵까

놀려고 놀이공원에 온 게 아니다. 아니 물론 놀러 오기는 했지만, 나에게 이것은 단순한 놀이가 아니었다.

우선 맨 첫 번째 목적지는 롤러코스터였다.

음울한 기분으로 탑승권을 사서 줄을 섰다. 롤러코스터는 한 시간 대기라고 했다. 아아, 집에 가고 싶다. 정말이지 벌써부터 신물이 나기 시작했다.

참고로 나는 무서운 놀이기구를 싫어한다. 어릴 때 딱 한 번 탄 이후로는 타본 역사가 없다. 솔직히 무슨 짓인지 의미를 모르겠다. 사방으로 노출된 기계장치를 타고 고속으로 높은 곳을 어지럽게 휘젓고 다니는 게 도대체 뭐가 재미있단 말인가? 도통 이해가 안 간다. 무서워서는 아니지만, 절대로 그래서는 아니지만…… 아무튼 나는 가급적 타고 싶지 않았다.

***

다시는 타나 봐라.

저건 인류 역사상 최악의 놀이기구다.

롤러코스터에서 내린 나는 이루 말할 수 없는 피곤함을 느끼며 터덜터덜 걸음을 옮겼다. 속이 울렁거렸다. 아침에 먹은 토스트가 올라오는 기분이었다. 의욕은 바닥을

기고 있었다.

하지만 내게는 아직 볼일이 남아 있었다.

이번에도 아까처럼 마미즈가 지정한 가게로 향했다. 디저트를 주로 판매하는 놀이공원 안의 카페였다. 30분가량 기다리자 자리가 났다. 어디를 가나 매번 이런 식이어서, 노는 시간보다 줄 서는 시간이 메인이나 다름없었다. 장사진을 친 사람 중 95퍼센트가 커플이었다. 한마디로 그런 달콤한 분위기의 가게였다.

노출이 심하고 가슴이 강조된 디자인의 유니폼을 입은 점원 여럿이 분주히 매장 안을 누볐다. 듣기로는 그 유니폼이 바로 이 카페의 2대 명물 중 하나로, 마니아는 사족을 못 쓴다나 뭐라나. 나는 마니아가 아니므로 솔직히 관심이 없었다. 그 점원 중 한 명이 메뉴판을 들고 이쪽으로 다가왔지만, 나는 메뉴판을 보는 대신 퉁명스럽게 내뱉듯 주문했다.

"우리의 사랑하는 첫사랑 파르페 하나요."

가게 안에 술렁술렁 파문이 일었다. 너희가 무슨 카이지냐[#1]고 핀잔을 주고 싶을 정도로 술렁거렸다. 혼자 온 남자가 커플이 우글대는 가게에서 첫사랑 파르페를 시키다니. 그 파르페야말로 이 카페의 또 다른 명물이었다. "재 뭐

#1 카이지냐 『도박묵시록 카이지』에서 술렁이는 장면이 많이 나온다.

야?" "좀 이상하지 않아?" "진짜 뭐지?" 모두가 속닥속닥 내 이야기를 하는 게 느껴졌다. 나는 천장을 바라보며 눈을 감았다. 그리고 의식을 최대한 외부와 차단했다.

이건 도대체 무슨 신종 벌칙 게임이냐.

연기처럼 사라지고 싶다 연기처럼 사라지고 싶다 연기처럼 사라지고 싶다.

그렇게 같은 문장을 머릿속으로 중얼중얼 되뇌는 사이, 주문한 첫사랑 파르페가 나왔다.

거대한 파르페 위에 딸기 시럽을 듬뿍 끼얹고, 볼륨감을 더하듯 웨이퍼를 무수히 꽂아놓았다. 중앙에는 하트 모양 초콜릿이 떡하니 놓여 있었다. 느낌상 2~3인분은 되어 보였다.

이걸 혼자 먹으라고……?

그때 찰칵 휴대폰 카메라 셔터 소리가 울려 퍼졌다.

놀라서 그쪽을 돌아보니, 대체 뭐 하는 수작인지 뒷자리에 앉은 커플이 내 모습을 마구 찍고 있었다. 말없이 째려보았지만 별로 위축되는 기색도 없었다.

빌어먹을, 짜증 나 죽겠네.

그렇게 생각하면서도 나도 일단 그 파르페를 카메라에 담았다. 참고로 이 파르페, 무려 1500엔이나 했다. 바가지도 이런 바가지가 없다. 결국 아까운 마음에 혼자 모조리 먹어치웠다. 그 사이 주위에서는 키득거리는 소리가 끊임없이 들려왔다.

"타쿠야, 진짜 최고야! 아, 배 아파."

와타라세 마미즈는 첫사랑 파르페 사진과 내 놀이공원 에피소드를 듣고 그야말로 배꼽 빠지게 웃어댔다. 다인실인데 다른 사람에게 민폐가 되는 것이 아닐까 싶을 정도의 폭소였다.

"자자, 그래서? 첫사랑 파르페를 먹고 나서는?"

"귀신의 집에서 유령을 놀라게 하고, 회전목마에서 어린애를 놀라게 하고, 관람차에서 커플들의 꺼림칙한 시선을 받고 왔지."

나는 지긋지긋한 심정으로 보고했다.

"어떤 느낌이었어? 재미있었어?"

"비참하고 처참한 기분이던데. 놀이공원에 핵미사일이나 확 떨어졌으면 했다고."

그렇게 대답하자 뭐가 그리 웃긴지 마미즈는 또다시 깔깔 웃어댔다. 이렇게 거리낌 없이 웃는 애였나 싶어 신선하고 놀라운 기분이 들었다.

"아하, 그렇구나. 고마워. 역시 놀이공원은 혼자 갈 데가 못 되는구나."

"야……."

그걸 꼭 가봐야 아느냐고 면박을 주기도 전에 마미즈가 다시 입을 열었다.

"좋아, 그럼 다음 소원인데……."

그렇게 말하며 마미즈가 병실 TV를 켰다. 다인실이라도 침대별로 TV가 하나씩 딸려 있지만, 마미즈가 TV를 보는 모습을 나는 여태껏 본 적이 없었다.

마미즈는 한동안 채널을 이리저리 돌리는가 싶더니, 오후 뉴스를 틀었다.

"이거야, 이거."

왠지 흥분한 기색으로 마미즈가 TV 화면을 가리켰다. 신형 스마트폰 출시를 알리는 뉴스였다. 해마다 발매 당일에는 구하기가 힘들어 매장 앞에 장사진이 생겨난다고 알려진 기종이었다. 이번 주말 밤에 판매가 시작되는 모양이었다.

"나 밤샘 줄 서기 해보고 싶었거든."

……나는 무시하고 집에 가기로 했다.

"잠깐! 잠깐 기다려봐, 타쿠야."

"죽어도 싫어!"

"이것 봐."

그렇게 말하며 마미즈가 침대 옆 서랍장 속에서 휴대폰

을 꺼냈다. 지독하게 낡은 데다 흰색이 바래서 아이보리색으로 변색되어가는 피처폰이었다.

“나 요즘 세상에 피처폰을 쓴다니까? 게다가 이거, 입원 전부터 계산해서 4년 가까이 써왔단 말이야. 불쌍하지 않아?”

하기는, 요즘 세상에 저렇게 케케묵은 구닥다리 휴대폰을 쓰는 애도 드물기는 할 터였다.

“죽기 전에 스마트폰을 써보고 싶어.”

“……근데 저거 꽤 비쌀걸. 살 돈은 있어?”

“짜잔~!”

그렇게 효과음을 넣으며 마미즈가 이번에는 서랍에서 통장을 꺼내 들었다.

“그게 뭔데?”

“세뱃돈 통장.”

그걸 모으는 애가 진짜로 있구나 싶었다.

“할아버지 할머니랑 친척들이 해마다 보내주는데, 이런 데 있으면 감옥살이하는 죄수보다도 더 쓸데가 없으니까. 계속 쌓아두기만 했거든.”

마미즈가 건네준 통장을 살펴보니 정말 상당한 액수가 찍혀 있었다.

“이걸 써. 비밀번호 가르쳐줄 테니까.”

그렇게 말하며 마미즈는 현금인출용 카드도 함께 내게 넘겨주었다.

"야, 잠깐만."

슬슬 뭔가 부담스러워지는 기분이 들어 제동을 걸었다.

"그런 건 남한테 막 가르쳐주면 안 되는 거 아냐?"

"왜?"

마미즈가 어리둥절한 표정으로 고개를 갸웃했다.

"그야 악용당할지도 모르니까."

"타쿠야, 악용할 거야?"

"야……."

도무지 말이 안 통했지만, 마미즈가 의도적으로 그렇게 행동했다는 느낌이 들었다.

"타쿠야 너라면 괜찮아."

마미즈는 그렇게 근거 없는 소리를 하며 내게 통장을 떠맡겼다.

야밤에 집을 나서려 하자, 엄마가 나를 붙잡았다.

"너 이 밤중에 어딜 가니? 누구 만나러 가는 거야?"

엄마가 수상하다는 표정으로 나를 보았지만 설명하기가 귀찮았다. 전철 막차를 타고 갈 생각이었기 때문에 자정이 가까운 시각이었다.

"잠깐 나가서 놀다 올게."

"그날, 네 누나도 그렇게 말하고 나갔어."

엄마가 쓸데없이 심각한 얼굴로 나를 빤히 응시했다.

"타쿠야, 너 죽지 않을 거지?"

엄마가 그렇게 뚱딴지같은 소리를 했다. 하지만 사실 엄마가 그런 이야기를 입에 담는 것은 어제오늘 일이 아니었다.

"죽기는 누가 죽어."

나는 넌덜머리를 내며 대꾸했다.

"있잖니, 타쿠야. 너까지 그렇게 이상하게 죽으면, 엄마는……."

순간적으로 불끈 화가 치밀었다.

"누나는 그냥 교통사고였잖아."

"하지만……."

엄마는 다시 뭔가 덧붙이려 했지만, 나는 더는 아무 말도 듣고 싶지 않았다.

"걱정 말라니까."

약간 성가신 기분이 들어 그렇게 대화를 매듭짓고 집을 나섰다.

전철을 타고 가서 마미즈가 부탁한 스마트폰 구매 행렬에 가세했다.

심야에 줄을 서려니 봄인데도 꽤나 추웠다. 세상에는 한가한 사람이 많은지, 상당한 인원이 번화가 길거리에 진을 치고 기다리고 있었다. 나는 오들오들 떨며 홀로 아침이 오기를 기다렸다. 할 일도 없고 해서 무심코 누나가 죽은 뒤로 달라진 엄마의 언동을 되새겨보기도 했다.

메이코 누나가 죽은 후로 엄마는 왠지 나까지 죽는 게 아닌가 하고 공연히 속을 태워왔다.

"오늘은 태풍이 왔으니까 학교를 쉬렴."

이유를 물으면 강풍에 날아온 간판에 머리를 강타당해 죽으면 어떡하느냐, 빗길에 미끄러진 차에 들이받히기라도 하면 어떡하느냐고 진지하게 대답할 정도였다.

정말이지 신물이 났다.

여름에 회를 먹다가 식중독으로 죽으면 어떡하느냐, 목욕하다 잠들면 익사한다, 유도 같은 걸 하다가 목뼈가 부러지면 어쩌느냐, 검은색 옷을 입었다가는 벌에 쏘여 죽을지도 모른다…….

그런 식으로 엄마는 일상의 사소한 일들 속에서 죽음의 징조를 감지하는 데 열을 올렸다.

심지어 한때는 수상쩍은 영매사를 뻔질나게 찾아간 적도 있었다. 그 바람에 나까지 그 자리에 끌려다니고는 했다. 왜냐하면 누나가 교통사고로 죽기 반년 전쯤, 당시 사귀던 남자 친구가 똑같이 교통사고로 죽었기 때문이다. 그래서 엄마는 악령이 씐 것 아니냐고 진지하게 걱정했다. 짚이는 구석도 없으면서 억울하게 죽은 태아의 원혼이 씌었다는 이야기를 듣고 한동안 그 말을 믿었을 정도다.

요컨대 엄마는 살짝 마음이 병든 상태다.

그래서 전에는 카운슬링을 받으러 다녀야 했던 적도 있었다. 누나가 죽고 나서 나도 물론 내 나름대로 상심했다. 그런 내 모습을 보고 엄마는 걱정이 되었나 보다. 정신에 문제가 생겨 죽으면 어떡하느냐고 생각한 것 같았다.

죽고 싶다고 생각한 적이 있나요?

잠은 잘 자나요?

식욕은 있나요?

지금 뭔가 힘든 일은 없나요?

그 모든 질문에 나는 괜찮다고 대답했다. 그때만큼은 의식적으로 밝게 행동하려고 노력했다.

괜찮습니다.

저는 정상입니다.

아무런 문제도 없습니다.

애쓴 보람이 있었는지 무사히 무죄 방면되었지만…… 그래도 엄마는 아직까지 나를 의심하는 눈치였다.

이 아이는 언젠가 죽어버리지 않을까.

엄마는 줄곧 그렇게 생각해온 것이다.

그야 물론 메이코 누나가 죽고 나서 내 성격은 예전보다 다소 소극적으로 변했을지도 모른다. 사고 직후에는 식구들과도 별로 말을 하지 않았던 기억이 있다.

하지만 그런 반응은 오히려 자연스러운 게 아닌가 싶었다.

누나가 죽고 나서 그전보다 웃음이 많아졌다면 그게 더 이상하지 않은가.

내 입장에서는 오히려 엄마야말로 카운슬링을 받아봤으면 좋겠다는 생각이 들 때가 있었다.

새로 산 스마트폰을 가지고 가자, 마미즈는 상당히 호들갑을 떨며 기쁨을 표현했다.

"만세! 나도 마침내 문명의 맛을 보는구나!"

사실 나는 스마트폰을 넘겨주기 전에 반쯤 원망조로 마미즈에게 밤샘에 따르는 고충을 구구절절이 들려줄 작정이었다. 하지만 내가 한풀이를 하는 사이, 마미즈는 냉큼 스마트폰 포장을 뜯기 시작했다.

"야…… 너 밤새워 줄 서는 데 관심이 있었던 게 아니라, 그냥 스마트폰이 가지고 싶었던 것뿐 아니냐?"

"에이, 아니야."

마미즈는 생글생글 웃으면서 그렇게 말하더니 스마트폰을 꺼내 눈앞으로 들어 올렸다. 그리고 감탄하듯 우와 하고 탄성을 지르며 눈을 빛냈다.

"이제 타쿠야 너랑 이것저것 연락하기 쉬워지겠다."

기쁜 표정으로 그렇게 말하는 마미즈를 보자, 내 마음속에서 스르르 독기가 빠져나갔다.

그리고 마미즈의 부탁으로 한동안 기본적인 사용법을 알려주고, 일단 내 연락처를 등록해두었다.

얼마 지나지 않아 마미즈가 자기 엄마한테 부탁했던 회선 개통이 끝나, 내가 사다 준 스마트폰은 마침내 인터넷에 연결되었는지 바로 메시지가 날아왔다.

[고마워.]

딱 그 한마디만 적혀 있었다.

혹시 직접 말하기가 쑥스러웠던 걸까. 나는 담백하게 「별말씀을」이라고만 써서 보냈다.

학교 점심시간, 카야마가 어찌 된 영문인지 오셀로를 가져와 밥 먹으면서 같이 하자고 했다. 미처 거절하기도 전에 카야마는 잽싸게 앞자리 책상을 두 개 붙이더니 오셀로 게임판과 자기 도시락을 펼쳐놓았다.

결국 나는 미리 사다 놓은 빵을 먹으며 마지못해 카야

마를 상대했다.

"오카다, 너 첫사랑이 언제였냐?"

카야마가 오셀로를 두다가 불쑥 그렇게 물었다.

"초등학교 4학년 때. 여자 짝꿍."

"난 초등학교 6학년 때. 그래서 어떻게 됐어?"

이제는 얼굴마저도 가물가물할 정도였다. 그 애가 지금 어디서 뭘 하고 사는지도 모른다.

"뭐 그냥 흐지부지됐지."

딱히 뭔가 특별한 접근을 시도하거나 고백을 하는 일도 없이, 반이 바뀌면서 그간의 관계도 풋풋한 연심도 자연스럽게 없어졌다. 하지만 첫사랑이란 원래 다 그런 법이 아니던가.

"난 말이야, 사소한 것들은 좀처럼 변하지 않는다고 생각해. 이를테면 좋아하는 음식이라든가 밥 먹는 법이라든가, 코 풀 때 휴지를 몇 장 뽑느냐 같은 것들."

카야마가 의외로 능숙하게 젓가락을 사용하며 도시락 반찬을 입으로 가져가 길게 말을 이었다.

"한 장 아냐?"

"난 두 장."

카야마가 모서리를 차지했다. 내 흰색 돌이 좌르륵 한꺼번에 뒤집혀갔다.

“그렇지만 소중한 감정일수록 의외로 오셀로처럼 간단히 뒤집혀버리는 게 아닐까 싶거든.”

카야마가 뜬구름 잡는 소리를 했다.

“그런데 난 사실 그런 게 싫어.”

가끔씩 카야마는 이런 식의 말을 하고는 했다. 한마디로 무슨 말을 하는지 도무지 종잡을 수가 없었다.

“……그러고 보니 얼마 전에 네가 말한 대로 와타라세 마미즈를 만나고 왔어.”

그렇게 말한 순간, 젓가락을 든 카야마의 손이 움찔했다. 그리고 뒤이어 카야마가 내 얼굴을 빤히 쳐다보았다.

“뭐야? 왜 그래?”

“……그래서?”

“글쎄, 비교적 건강해 보이던데. 자세히는 모르지만 적어도 당분간은 죽을 것 같지 않더라.”

마미즈와 여러 번 만났다든가, 죽기 전에 하고 싶은 일 리스트라든가 이것저것 설명할까 했으나 결국 그만두기로 했다. 그런 이야기를 마음대로 남에게 떠벌려도 될지 판단이 서지 않았다.

게다가 나를 마미즈와 만나게 한 이유가 무엇인지 털어놓으려고 하지 않는 카야마에게 약간 화가 난 상태이기도 했다. 굳이 말해줄 의무도 없다는 생각이 들었다. 무엇보다도 미묘하게 두서없는 이야기를 알아듣게 설명하기가 귀찮았다.

"카야마, 뭔가 궁금한 거 있어?"

"응, 스리 사이즈."

"직접 물어보시지."

오셀로는 아무래도 카야마의 승리로 끝날 것 같았다. 자기가 시작해놓고 도중에 흥미를 잃어버렸는지, 카야마는 끝까지 두기를 포기하고 자리에서 일어섰다.

"만나러 가지 않아도 돼?"

돌아서려는 카야마를 향해 물었다.

"……지금은 됐어."

카야마는 잠시 생각해보듯 침묵한 끝에 대답했다. 그리고 "당장 여자가 궁하지는 않으니까."라고 덧붙였다.

"뭐야, 너 손이라도 댈 작정이었어?"

나는 웃으며 말했다. 당연히 농담이라고 생각했기 때문이다.

그러나 카야마는 너스레 한 번 떨지 않고 한동안 나를 뚫어지게 쳐다보더니, 결국 아무 말도 없이 자기 자리로 돌아가 버렸다.

왜 저러는 걸까. 이제는 의아한 마음마저 들었다.

5

마미즈의 어머니인 리츠 아주머니는 조금 엄격한 느낌을 풍기는 사람이었다.

어딘가 날 선 분위기가 감돌았지만 동시에 지친 기색도 느껴졌다. 이목구비는 단정해서 젊었을 때는 미인이었겠구나 하는 생각이 들었다. 하지만 화장기는 전혀 없어서 아직 40대일 텐데도 실제보다 나이 들어 보였다.

"어머, 너 오늘도 와줬구나."

얼굴을 본 것은 그날이 두 번째였다. 건네는 말 자체는 온화했지만, 말투에는 어딘가 미묘한 가시가 있었다. 리츠 아주머니는 내 이름을 부르지 않았다. 항상 '너'였다. 어쩌면 느닷없이 딸의 병실을 들락거리기 시작한 나를 의혹의 대상으로 간주해, 그리 탐탁지 않게 여기는지도 모른다.

"그럼 엄마는 이제 가볼게. 너무 소란 피우지 말고 얌전하게 누워 있도록 하렴. 알았지?"

리츠 아주머니는 어딘가 타이르는 말투로 마미즈에게 그렇게 당부하고는 병실을 나섰다.

"타쿠야, 오늘따라 유난히 표정이 어둡네."

마미즈가 내 얼굴을 살피며 약간 걱정스러운 기색으로

말했다.

"괜찮아? 혹시 어디 아파?"

"아니…… 그냥, 별일은 아닌데."

"뭔데?"

"이어폰이 끊어졌어."

나는 호주머니에서 그 이어폰을 꺼내서 마미즈에게 보여주었다. 병원으로 오는 길에 노래를 들으며 걷다가 그만 가로수 가지에 걸리고 말았다. 그래서 이제는 한쪽밖에 소리가 나지 않았다.

"비싼 거였어?"

"아니."

다만 그 이어폰은 메이코 누나가 고등학생 때 처음 받은 아르바이트비로 사준 내 생일 선물이었기에 다소 충격이기는 했다.

마미즈는 내 이어폰을 들고 한동안 물끄러미 바라보았다. 그러다 문득 뭔가 못된 장난이라도 떠오른 얼굴로 나를 보았다.

"있지, 타쿠야."

"왜?"

또 뭔가 성가신 이야기를 꺼내려는 건 아니겠지. 그렇게 생각하며 나는 방어 태세를 취했다.

"우리, 나쁜 짓 좀 해볼래?"

마미즈가 말한 나쁜 짓이란 병원 1층의 매점에 가고 싶다는 것이었다. 마미즈는 기본적으로 병실 바깥으로 나가는 게 금지되어 있는 모양이었다. 하지만 들킨다고 설마 죽이기야 하겠느냐는 것이 마미즈의 주장이었다.

내가 앞장서 가며 복도를 확인했다. 간호사나 의사 눈에 띄면 그 즉시 게임 오버다. 우리는 신중하게 복도를 지나 계단으로 향했다. 엘리베이터를 타면 의료진과 마주칠 확률이 높아질 것 같았기 때문이다.

마미즈는 난간을 붙잡고 다소 불안정한 걸음걸이로 계단을 내려왔다.

"진짜 괜찮겠어?"

"사람 무시하지 마. 내가 무슨 꼬부랑 할머니인 줄 알아?"

1층으로 내려와 무사히 매점에 도착했다. 나는 입구에서 들키면 곤란한 사람이 오지는 않는지 망보는 역할을 맡았다.

"있다! 타쿠야, 있어!"

잠시 후 마미즈가 신이 나서 외치는 소리가 들렸다. 돌아보자, 뭐가 그리 기쁜지 그녀는 어린아이처럼 손을 흔들어 보였다. 주의 깊게 보니 그 손에는 웬 작은 상자가 들려 있었다.

"뭔데 그래?"

마미즈가 이쪽으로 다가오더니 그 상자를 내 눈앞으로 내밀었다.

"잘 봐. 네가 쓰던 이어폰이랑 똑같은 거야."

정말 같은 브랜드의 완전히 똑같은 상품이었다. 뭐 하는 건가 싶었다. 설마 겨우 이것 때문에 어렵사리 병실을 빠져나왔단 말인가.

"이거 주세요."

말릴 새도 없이 마미즈가 아르바이트생에게 이어폰을 내밀었다.

"그래 봤자 너 어차피 현금도 없을 거 아냐?"

나는 냉정하게 지적했다.

"짜잔! 저에게는 마법의 카드가 있답니다."

그렇게 말하며 꺼내 든 물건은 낯선 IC 카드였다.

"병원 선불 카드야. 이것만 있으면 TV도 볼 수 있고, 이것저것 다 할 수 있어."

"괜찮아, 안 사줘도 돼."

거절했지만 마미즈는 아무런 대꾸 없이 이어폰을 사버렸다.

"이번에는 소중히 하도록 해."

"됐어…… 저번 것도 소중히 하지 않은 건 아니었다고."

그냥 고맙다고 대답하면 되련만, 나는 어째서인지 딴소리를 하고 말았다.

그러자 마미즈는 갑자기 무표정한 얼굴이 되어 나를 가만히 응시했다.

"뭐야? 뭔가 할 말 있으면 하던가."

그 순간 마미즈의 몸이 휘청 흔들렸다. 이유를 따져볼 겨를도 없이 마미즈의 몸이 무너지듯 나를 향해 풀썩 쓰러졌다. 반사적으로 팔을 뻗어 그 몸을 끌어안았다.

"야, 갑자기 왜 이래?"

"타쿠야, 미안. 문제가 생긴 것 같아."

그렇게 말하고 마미즈는 어째서인지 자조적인 웃음소리를 냈다.

"몸에 힘이 안 들어가."

"야, 농담이지?"

"진짜야."

매점 계산대 앞에서 마치 서로 부둥켜안은 것 같은 자세로 꼼짝달싹 못 하게 되어버리고 말았다. 또다시 농담이지? 하고 생각했다.

"저기요, 사람 좀 불러주시겠어요?"

나는 아르바이트생에게 부탁했다.

한바탕 소동이 벌어졌다. 의사와 간호사들이 몹시 놀라며 헐레벌떡 뛰어왔다. 스트레처라고 부르는 바퀴 달린 이동용 침대 같은 것에 실려, 마미즈는 어디론가 이송되어 갔다.

"실패했네."

실려 갈 때 마미즈는 천장을 바라보며 나직하게 중얼거렸다.

당연히 나도 무사히 넘어가지는 못했다.

한 시간도 채 못 되어 일단 집으로 돌아갔던 리츠 아주머니가 되돌아온 것이다.

마미즈가 없는 병실의 침대 옆에서 나와 리츠 아주머니는 마주 보고 의자에 앉았다.

"솔직히 네가 찾아오는 게 별로 달갑지는 않구나."

리츠 아주머니는 단도직입적으로 말했다. 그 목소리에는 뚜렷한 분노가 담겨 있었다.

"죄송합니다."

나는 특별히 변명하지 않고 그저 계속해서 사과했다.

"슬픈 일뿐만 아니라 즐거운 일도 사람에게는 스트레스로 작용해. 알겠니? 그 애는 평범하지 않으니까."

리츠 아주머니는 그렇게 말했다. 한동안 나는 그렇게

조용히 야단을 맞았다. 중간중간 수십 번쯤 토를 달고 싶었지만, 끝내 아무 말도 하지 못했다.

한참을 그러고 있으니 마미즈가 병실로 돌아왔다.

마미즈 본인은 휠체어에 탄 채였고, 간호사가 그것을 뒤에서 밀고 있었다.

"너무 무리하게 만들지는 마."

오카자키라는 명찰을 가슴에 단 성격 있어 보이는 간호사가 나를 향해 말했다. 나는 그저 묵묵히 고개만 숙여 보였다.

뒤이어 마미즈는 오카자키 간호사와 리츠 아주머니의 부축을 받아가며 엉금엉금 침대로 기어 올라갔다. 그리고 벽에 등을 대고 상체를 세운 자세로 우리를 차례로 둘러보았다.

"그렇게 무섭게 쳐다보지 마. 하여튼 다들 엄살이 심하다니까. 사실 예전에도 이런 일 종종 있었잖아. 매점에 가는 바람에 이렇게 됐다거나 하는 것도 아닌데 뭐."

"그런 상태니까 함부로 나돌아 다니면 큰일 날지도 모르잖아."

오카자키 간호사가 나무라는 어조로 마미즈에게 말했다.

"그러니까 너도 무책임한 소리를 해서 마미즈를 부추기지 말아주렴. 가능하면 이 일을 계기로 다시는 오지……."

리츠 아주머니가 계속해서 내게 뭔가 이야기하려 했을 때, 마미즈의 눈에서 주르륵 한 줄기 눈물이 흘러내렸다.

"잘못했어."

리츠 아주머니가 주춤하는 게 느껴졌다.

"타쿠야를 탓하지 마. 내가 억지로 끌어들인 것뿐이니까. 그러니까 그런 말 하면서 화내지 마. 화내려면 나한테만 화내."

마미즈가 새빨개진 눈으로 흐느꼈다.

"와타라세, 진정해."

오카자키 간호사는 마미즈를 달래며 리츠 아주머니를 향해 눈짓을 했다. 그러자 리츠 아주머니도 뭔가 체념한 표정으로 어깨 힘을 뺐다.

"엄마는 이제부터 볼일이 좀 있단다. 그러니 오늘은 이만 가봐야겠구나."

리츠 아주머니는 내 쪽으로는 눈길 한 번 주지 않고 병실에서 나가버렸다.

"너도 얼른 돌아가렴. 그리고…… 뭐든지 정도껏 하고."

오카자키 간호사도 마지막으로 한마디 당부를 덧붙이고는 서둘러 병실을 떠났다.

시키는 대로 순순히 돌아가려고 몸을 일으키며 마미즈를 돌아보았다. 마미즈는 여전히 훌쩍거리며 우는 중이었다.

바로 그 마미즈가 눈물을 줄줄 흘리며 나를 보고 말했다.
"사실은 우는 척한 거지만."
놀라서 고꾸라질 뻔했다. 그게 만약 연극이라면 묘하게 실감 나는 연기처럼 보였다.
"이거, 그렇게 쉽게는 안 멈추거든."
마미즈의 눈에서는 여전히 눈물이 뚝뚝 떨어졌지만, 그래도 말투만은 평소처럼 되돌아온 상태였다.
"그보다 미안해. 싫은 소리 듣게 해서."
"일단 울음부터 그쳐."
나는 손수건을 꺼내서 마미즈에게 건네주었다.
"고마워. ……넌 가끔 자상하구나."
"가끔이란 말은 빼."
그렇게 나는 한동안 마미즈가 울음을 그치기를 기다렸다.
"항상 신세만 지는 것 같아서. 나도 타쿠야 너한테 조금이나마 뭔가 해주고 싶었거든."
그녀는 자신의 실책을 부끄러워하는 말투로 말했다. 그런 생각을 했다니 나로서는 조금 의외였다.
"소중히 할게, 이어폰."
그렇게 말하자 마미즈가 놀란 얼굴로 나를 보았다.
"이상한 표정 짓지 마."
"내 얼굴은 원래 이렇거든?"

그렇게 대꾸하고 마미즈는 조금 쑥스러운 기색으로 웃었다.

6

대도시도 아닌 옆 현의 아이미시는 딱히 이렇다 할 특징이 없는 동네였다.

콘크리트로 물 샐 틈 없이 포장된 거리를 각종 체인점이 차지하고 있다. 평소 우리 학교 학생이 이 동네로 놀러 오는 경우는 거의 없다고 봐도 무방했다. 지나치게 멀고, 지나치게 특색이 없다.

그럼에도 세 시간이나 전철을 타고 이런 곳까지 온 데에는 당연히 이유가 있었다.

바로 마미즈의 아버지가 사는 동네여서다.

아버지가 이렇게 멀리 떨어진 곳에 사는 까닭은 카야마가 이야기한 대로 마미즈의 부모님이 이혼했기 때문이다.

어머니 리츠 아주머니와 회사를 경영하던 아버지가 의논한 결과, 마미즈는 리츠 아주머니가 맡게 되었다고 했다. 그렇지만 리츠 아주머니는 마미즈에게 파경의 원인을 알려주지 않았다. 물어보아도 매번 적당히 얼버무리기만 했다.

"왜 이혼했는지, 그 이유를 우리 아빠한테 듣고 싶어."

그것이 이번에 마미즈가 부탁한 「죽기 전에 하고 싶은 일」이었다.

어디로 보나 제삼자인 내게 부탁하기는 너무 심각한 문제가 아닌가 싶었다.

"부탁이야. 정말 진지해, 죽기 전에 꼭 알고 싶어. 하지만 아빠 연락처를 가르쳐주지 않아서 어떻게 해야 할지 모르겠어."

마미즈는 여태까지와는 다른 절박한 말투로 간곡하게 부탁했다.

"혹시……."

그 모습에 나는 한 가지 짚이는 구석이 있었다.

"마미즈, 너 이걸 부탁하려고 지금까지 날 시험한 거였어?"

스노우 볼을 깨뜨렸을 때, 마미즈는 자기가 「죽기 전에 하고 싶은 일」을 대신 해달라고 내게 제의했다. 그 스노우 볼은 마미즈가 아버지에게 선물 받아 소중하게 여겨온 물건이었다. 어쩌면 그녀의 마음속에 그려진 풍경이었는지도 모른다.

그곳만 시간이 멈춘 것처럼 하염없이 눈이 내리던 유리구슬 속 세상.

그 속에 자리한 집의 풍경은 마미즈에게 행복했던 시절의 기억을 일깨워주는 매개체였는지도 모른다.

마미즈는 잃어버린 스노우 볼 대신 아버지와의 소통을 원한 게 아닐까? 하지만 본인이 직접 아버지를 만나러 갈 수는 없다. 그래서 대신 내게 그 역할을 맡기려고 한 게 아닐까.

그동안의 요구는 전부 오늘을 위한 테스트였던 것이 아닐까. 처음부터 까다로운 부탁을 하기는 껄끄러웠기 때문 아닐까. 어쩐지 그런 생각이 들었다.

"……그럴 리 없잖아. 그냥 널 골탕 먹이는 게 재미났을 뿐이야."

"뭐, 아무튼 알았어."

하지만 결국 이야기를 들어버린 시점에서, 이 부탁은 왠지 거절할 수 없다는 생각이 들었다.

"되는 데까지는 해볼게."

그렇게 대답하고 나는 병실을 나왔다.

유일한 단서는 주소지를 알고 있다는 점이었다. 마미즈의 아버지는 처자식과 함께 살던 집을 떠나 부모님 댁으로 돌아갔다고 했다. 그 집이 바로 이곳 아이미시에 있었다. 스마트폰 지도 앱에 의지해 그 집을 찾아냈다.

문패에는 후카미라고 쓰여 있었다.

약간 긴장되었지만, 큰마음을 먹고 초인종을 눌렀다.

"누구십니까?"

남자 목소리였다. 마미즈의 아버지일까?

"여기가 후카미 마코토 씨 댁 맞나요?"

"그런 사람은 이 집에 없습니다만……."

그 목소리에서는 무언가 굉장히 어두운 느낌이 났다. 그리고 경계하는 기색이 섞여 있었다. 하지만 마미즈의 아버지는 분명 이 집에 산다고 들었다. 그런데 없다니, 어떻게 된 일일까.

"무슨 일로 오셨지요?"

"저기, 저는 오카다 타쿠야라고 합니다. 사실은 마미즈…… 후카미 씨의 따님하고 아는 사이라서요. 잠시 말씀드리고 싶은 게 있어서 찾아왔는데요."

"뭐? 마미즈한테 무슨 일이 생기기라도 했어?"

갑자기 말투가 확 바뀌며 절박한 기색을 띠었다. 곧이어 인터폰이 끊어졌다. 잠시 후 한 중년 남자가 허둥지둥 문밖으로 뛰쳐나왔다.

덥수룩한 수염과 햇볕에 그을린 구릿빛 피부를 가진 근육질 남자로, 잠옷임을 한눈에 알 수 있는 차림새를 하고 있었다. 별로 유능해 보이는 느낌은 아니었다.

"제가 후카미 마코토입니다. 마미즈의 아버지입니다."

솔직히 회사 경영자라는 직함에서 연상되는 전형적인 이미지하고는 거리가 있는 타입이었다. 그것이 내가 마미즈의 아버지인 마코토 아저씨에게서 받은 첫인상이었다.

"그래, 무슨 말인지는 알겠다."

나는 마코토 아저씨를 따라 집으로 들어가, 거실 테이블에 앉아 오늘 찾아온 용건을 밝혔다. 마미즈가 부모님이 이혼한 까닭을 알고 싶어 한다는 이야기를 했다.

"따님은…… 뭐랄까, 자신의 병, 즉 본인이 발광병에 걸린 게 이혼 사유가 아닌가 생각하는 눈치예요. 병수발에 질려서 버림받은 게 아닌가 하고요."

"그런가…… 아마 솔직하게 털어놓지 않은 내 잘못이겠지."

그렇게 말하고 마코토 아저씨는 나를 똑바로 쳐다보았다.

"그보다 타쿠야, 넌 마미즈의 남자 친구냐?"

반사적으로 대접받은 차를 픕 뿜고 말았다.

"아, 아닙니다! 뭐랄까…… 그냥 아는 사이예요."

"하지만 적어도 마미즈는 너를 신뢰하는 게 아닐까? 그냥 아는 사람한테 이런 부탁을 하지는 않을 테니까."

정말 그럴까 하는 생각이 들었다. 마미즈는 나를 어떻

게 생각하는 걸까. 알다가도 모를 노릇이었다.

“그나저나 넌 나를 어떻게 생각하지?”

“네?”

그런 질문을 한 어른은 처음이었다. 고등학생의 눈에 본인이 어떻게 비치는지에 관심을 갖다니, 마코토 아저씨의 질문은 내게 조금 신선하게 다가왔다.

“뭔가 굉장히 와일드해 보이시는데요.”

솔직하게 대답하자 마코토 아저씨는 호탕하게 웃었다. 웃을 때 풍기는 느낌이 약간 마미즈와 비슷했다.

“절대 회사 사장님으로는 안 보이지?”

얼굴에는 변함없이 웃음을 머금은 채 눈초리만 날카롭게 빛내며 아저씨가 물었다. 그런 면도 약간 마미즈 같았다.

“아뇨, 그게…….”

나는 그만 말문이 막히고 말았다

“넌 거짓말을 못 하는 타입이구나. ……고생할 거다, 여자 때문에.”

그렇게 암시적인 말로 운을 떼는가 싶더니, 아저씨는 테이블에 놓여 있는 자기 찻잔을 단숨에 비웠다.

“사실은 난 이미 사장이 아냐.”

그리고 마코토 아저씨는 내게 이혼의 진상을 털어놓았다.

마코토 아저씨는 원래 지금 우리가 사는 도시에서 소규모 부품 생산 업체를 운영했다고 한다.

영세 공장 수준으로 출발한 그 회사는 몇몇 대기업과 거래를 트는 데 성공하면서 급성장했다. 하지만 하필 대규모 설비 투자를 한 시점과 맞물려서 대형 거래처가 망하는 바람에 그 여파로 그만 부도를 내고 말았다고 했다.

개인 파산을 신청해야 할 처지가 된 아저씨는 고민 끝에 그 전에 리츠 아주머니와 이혼하기로 결정했다. 개인 파산 선고를 받을 경우, 집과 금융 자산 등 개인이 소유한 재산을 모조리 몰수당하게 된다.

발광병을 앓는 마미즈의 치료에는 막대한 비용이 든다. 치료비가 하루하루 불어나는 병이다. 나을 가망도 없고 치료법도 발견되지 않았다. 그리고 입원 상태로 치료를 이어나가야 한다. 이혼을 하면 마미즈의 치료비로 쓸 돈은 남겨놓을 수 있다는 것이 마코토 아저씨의 계산이었다.

한편 아저씨는 채권자와 추심업자에 대한 체면상 마미즈와 리츠 아주머니를 만날 형편이 못 되었다. 그래서 연락처조차도 마미즈에게 가르쳐주지 않았다. 마코토 아저씨는 일단 부모님 댁으로 돌아가 연로한 어머니, 즉 마미즈의 할머니와 함께 살며 지금은 건설 현장에서 위험한 막노동을 한다고 했다. 그리고 몰래 리츠 아주머니에게 돈을 부쳐주고 있는 것 같았다.

두 사람은 그 사실을 마미즈에게 숨기기로 했다. 예전의 유복한 생활밖에 모르는 아픈 딸에게 쓸데없는 걱정을 끼치고 싶지 않았기 때문이다.

전부 사실대로 털어놓았다가는 마미즈가 어차피 다시 다닐 기약도 없는 학교를 그만두겠다고 할 게 분명하다고 생각했다. 하지만 언젠가 기적적으로 몸이 회복할 날을 위해서라도, 마코토 아저씨는 딸이 학교를 그만두지 않기를 바랐다.

"하지만 사실은 그게 다가 아니라, 딸에게 전부 솔직하게 털어놓기에는 옛날의 내 자존심이 너무 강했던 건지도 모르지."

아저씨는 그렇게 덧붙였다.

그것이 마미즈의 부모님이 이혼하게 된 경위였다.

그 충격적인 사연에 나는 쉽사리 맞장구도 치지 못하고 묵묵히 듣기만 했다. 이야기를 마치고 마코토 아저씨는 "마미즈한테 사실대로 말할 거냐?" 하고 물었다. 내심 아직 망설임이 남아 있는 기색이었다.

"주제넘은 소리인지도 모르지만…… 친절과 배려로 무언가를 숨기다니, 개인적으로는 잔인하다고 생각합니다. 배려받는 사람 입장에서는 전혀 달갑지 않으니까요."

"너 말 한번 확실하게 하는구나."

마코토 아저씨는 쓴웃음을 지으며 내 대답을 들었다. 그럼에도 나는 다시 말을 이었다.

"따님은 죽기 전에 진실을 알고 싶어 해요."

"죽는다라……. 꽤나 단정적인 말투를 쓰는구나."

갑자기 진지한 표정이 된 마코토 아저씨가 말했다. 한순간 내 말에 화가 났나 싶었다. 하지만 오해였다.

"타쿠야 네 말이 맞는지도 모르지. 마미즈에게 사실대로 털어놓아야 할지도 몰라."

말을 마친 아저씨는 웃는 얼굴을 하고 내게 미소 지어 보였다. 쓸데없는 소리를 늘어놓은 게 어쩐지 창피해져 나는 슬그머니 고개를 수그렸다.

"저 사실은 아저씨께 한 가지 사과드릴 게 있어요."

나는 가방에서 어떤 물건을 꺼냈다. 내가 망가뜨린 스노우 볼이었다.

"제가 떨어뜨리는 바람에 깨져버렸어요. 정말 죄송합니다."

스노우 볼 안에 들어 있던 통나무집이 처량하게 테이블 위에 데구루루 나동그라졌다.

"넌 정말 거짓말을 못 하는구나."

그렇게 말하며 마코토 아저씨가 놀란 표정을 지었다.

"괜찮아. 형태가 있는 것은 언젠가 부서지기 마련이거든."

아저씨는 마미즈와 완전히 똑같은 이야기를 했다.

"하지만, 마미즈는……."

뒷말을 잇기가 힘들었다.

"무척 슬퍼하고 있을 거예요."

가까스로 그렇게 덧붙였다.

"알았다. 어떻게든 해보마. 그러니 신경 쓰지 말거라."

마코토 아저씨는 내게 그렇게 말했다.

"저기, 따님에게 연락처 정도는 알려주시면 안 될까요?"

떠나기 전에 나는 아저씨에게 부탁했다.

마코토 아저씨는 상당히 오랫동안 고민하는 눈치였으나, 만나자고 하지 않는다는 조건을 달아 내게 메일 주소를 적은 메모지를 건네주었다.

"타쿠야, 앞으로도 우리 마미즈와 친하게 지내다오."

마지막으로 마코토 아저씨가 말했다. 나는 알겠다고만 대답했다.

병실로 찾아가자, 와타라세 마미즈는 그날도 역시 책을 보고 있었다. 유심히 보니 늘 보는 책이었다. 용케 저렇게 질리지도 않고 같은 책만 마르고 닳도록 읽는구나 싶어서 매번 감탄하고 만다.

"어땠어?"

책장에서 눈을 떼지 않고 마미즈가 물었다.

"우리 아빠, 여자라도 생겼대?"

진심으로 하는 말이 아니라는 점은 어렴풋이 짐작이 갔다. 마미즈도 내 보고를 앞두고 긴장한 상태겠지. 그 사실을 감추려고 짐짓 허세를 부리는 것에 불과하리라. 그래도 나는 마미즈가 그런 말투와 태도로 마코토 아저씨 이야기를 듣는 게 싫었다.

"아저씨는 성의 있게 이야기해주셨어."

나는 침대 옆에 놓인 둥근 의자에 앉아 마미즈를 가만히 바라보았다. 그리고 책장을 넘기려는 그 손을 살며시 가로막았다.

"그러니까 마미즈도 성의 있게 들어줘."

"……알았어."

유별나게 순순히 마미즈가 대답했다.

그 후 나는 마코토 아저씨가 해준 이야기를 순서대로 마미즈에게 들려주었다.

아저씨는 결코 마미즈를 버리지 않았다는 것. 버리기는커녕 지금도 마미즈를 위해서 열심히 일하는 중이라는 것. 투병 중인 마미즈에게 돈 문제로 걱정을 끼치고 싶지 않아 이혼 사유를 비밀에 부쳤다는 것. 다만 그 사실을 알게 되었다고 해서 마미즈가 걱정하지 않기를 바란다는 것. 지금까지와 마찬가지로 마음 편히 지내주었으면 한다는 것.

마코토 아저씨의 마음이 가급적 정확하게 전달되도록 시간을 들여가며 차근차근 이야기했다. 그리고 마지막으로 아저씨에게 넘겨받은 연락처 메모를 건네주었다.

"그럼 우리 아빠 엄마는 사이가 나빠져서 이혼한 게 아니었다는 뜻이네."

내 설명을 다 듣고 나서 마미즈는 먼저 말했다.

"응. 지금도 소중한 파트너라고 하셨어."

"있잖아, 타쿠야. 내가 병에 걸리지 않았다면 두 분은 헤어지지 않았겠지?"

마미즈의 입에서 그런 말이 흘러나왔다.

"그렇지 않아, 마미즈."

"나 같은 건 태어나지 말았어야 했어."

마미즈가 그늘진 표정으로 말했다.

"아니야. 마코토 아저씨는, 너희 아버지는 그렇게 생각하지 않으셔."

나는 조건 반사적으로, 거의 생각해보지도 않고 그렇게 대답했다. 당연하다는 듯 그렇게 말한 나 자신에게 스스로도 놀랐다.

“하지만 사실이잖아. 난 병에 걸려서 주위 사람들을 불행하게 할 뿐이야. 그래도 병이 나아서 살 수 있다면 그나마 나아. 하지만 난 십중팔구 죽을 거야. 그렇다면 이런 삶에 무슨 의미가 있어?”

마미즈는 오싹할 만큼 어두운 목소리로 그렇게 말했다. 이럴 때는 어떤 반응을 보여야 하지? 나는 뭔가 위로의 말을 건네려 했다. 기운 내라느니 괜찮다느니 하는 온갖 말들이 머릿속을 스쳐 갔지만, 그중 어느 것도 적절한 반응처럼 느껴지지 않았다.

“타쿠야 너도 귀찮지? 나같이 성가신 애, 아픈 애를 만나서. 부탁하는 대로 해주고. 나 이제 너한테 어리광 부리는 것도 그만둘게.”

그때 나는 마미즈에게 긍정적인 말을 해주지 못했다. 마미즈의 그 비통함은 가벼운 말 한두 마디로 달랠 수 있는 감정이 아니라고 느꼈다. 그런 말을 들려주기에는 나라는 인간이 너무 깊이가 없지 않나 싶었다. 게다가…….

그런 말은 나 자신부터가 믿을 수 없었다. 본인조차도 믿지 않는 이야기를 남에게 들려줘 봐야 거짓말처럼 느껴질 수밖에 없을 것이라고 생각했다.

“『죽기 전에 하고 싶은 일』 리스트, 아직 많이 남았을 거 아냐? 이번에는 뭘 하면 돼?”

그렇게 묻자, 마미즈가 놀란 얼굴로 나를 바라보았다.

"하지만 타쿠야, 싫지 않아?"

나는 잠시 생각한 끝에 대답했다.

"으음…… 뭐 싫지는 않을지도?"

나도 그 이상 솔직해지기는 힘들었다.

"타쿠야, 너 혹시 엄청 착한 애야?"

마미즈가 의아한 표정으로 나를 보았다.

"그러게 말이야."

나는 기막힌 심정으로 대꾸했다.

처음이자
마지막
여름방학

first and last summer

1

여름방학이 시작되었다. 초봄에 마미즈를 처음 만났는데, 어느새 땀방울이 송골송골 맺히는 더운 여름이 되었다. 어느덧 계절의 변화를 마미즈 중심으로 기억하는 습관이 생겨버린 나 자신에게 놀랐다.

여태까지의 여름방학은 한가하기 그지없었다. 하지만 최근의 나는 조금 바빴다.

"나 메이드 카페에서 아르바이트해보고 싶었어."

마미즈가 그렇게 말했기 때문이다.

하기는 요새 돈이 궁하던 참이어서 아르바이트를 뛸 필요성을 느끼고는 있었다. 딱히 직종에 제한을 둘 이유는 없었고, 그러니 아무 데나 상관없기는 했다.

그렇다고 굳이 메이드 카페에서 일할 필요는 없지만.

밑져야 본전이라기보다 자포자기한 심정으로 전화해본 결과, 어찌 된 영문인지 면접 약속을 잡는 데 성공했다. 지정된 날에 가게로 찾아가자, 영업 중인 메이드 카페 안쪽의 사무실로 안내받아 곧바로 면접을 보게 되었다.

나를 맞이한 사람은 오너라고 밝힌 30대 초반으로 보이는 남자였다. 검은 셔츠에 흰 넥타이, 크롬하츠 액세서리와 팔뚝에 새긴 문신. 어디로 보나 착실한 사회인이라고는 생각하기 힘든 차림새였다.

"마침 주방에 남자 일꾼이 필요하던 참이었거든."

메이드가 서빙하는 음식을 만드는 역할인 것 같았다. 아하, 그렇다면 남자라도 상관없겠군. 그제야 비로소 납득한 표정을 짓는 나를 오너가 희한하다는 눈으로 쳐다보았다.

"뭐야? 설마 메이드가 되고 싶었던 건 아니겠지?"

오너는 농담이랍시고 한 말이었을 테지만, 나는 민망함을 감추려고 그저 어색한 미소를 지을 수밖에 없었다.

내일부터 바로 나오라는 지시가 떨어졌다. 메이드 카페에서 일한다는 마미즈의 리퀘스트에도 어느 정도 부합하고, 아르바이트를 구한다는 내 소기의 목적도 달성하는 셈이다. 이 정도면 준수하다는 판단하에 나도 군말 없이 수락했다.

아르바이트 자리도 정해졌겠다, 조금은 돈을 써도 괜찮지 않을까 하는 기분이 들었다. 반려동물을 길러보고 싶었다는 마미즈의 말이 떠올랐기 때문이다.

마미즈네 집은 부모님이 두 분 모두 알레르기가 있어서 개나 고양이를 기른 적은 없었다고 한다. 검사해본 결과, 마미즈 본인에게도 알레르기가 있다고 했다.

"뭔가 꼭 강아지나 고양이가 아니어도 괜찮으니까, 금방 죽지 않는 게 좋아. 적어도 나보다 먼저 죽지 않을 만한, 장수하는 동물이었으면 좋겠어."

"거북이 같은 거?"

내가 농담 삼아 대꾸하자, 마미즈가 "바로 그거야!"라고 외쳤다.

그나저나 거북이는 어디서 살 수 있지?

메이드 카페를 나와 돌아가는 길에 인터넷으로 검색해 보니 마침 근처 마트에 거북이를 파는 가게가 있었다. 반려동물 코너로 가보니 정말 거북이를 판매하고 있었다.

굉장히 쌌다. 여태까지 거북이의 가격 따위 모르고 살아왔지만, 비싼 거북이도 천 엔이 채 못 되었다. 이 정도면 구태여 아르바이트비가 나오기를 기다릴 필요도 없이 그냥 살 수 있지 않을까 하는 생각이 들었다.

학은 천 년, 거북이는 만 년.

그런 속담이 있기는 하지만, 실제 거북이는 얼마나 오래 사는 걸까. 설마 아무리 그래도 정말 만 년을 살지는 않겠지. 그러면 요괴다.

점원에게 물어보았더니 길면 30년가량 산다는 답변이 돌아왔다. 하지만 그 후로도 이것저것 물어본 결과, 거북이를 키우려면 수조니 뭐니 해서 사육 환경을 갖추는 데

제법 돈이 든다고 했다. 나중에 다시 오겠다고 이야기하고 나는 일단 철수했다.

"다녀오셨어요, 주인님~! 리코짱입니다~!"

아르바이트 첫날, 쇼트커트를 한 밝은 머리 색의 메이드가 나를 반갑게 맞아주었다. 덕분에 왠지 굉장히 면목없는 심정이 되었다.

"저기, 오늘부터 일하게 된 오카다입니다."

그러자 메이드의 얼굴이 순식간에 새빨갛게 물들었다.

"조, 종업원 출입구는 저쪽이야. 이쪽은 손님용 현관이고."

내 잘못이건만, 메이드는 상당히 무안해하는 기색으로 내게 일러주었다.

"난 히라바야시 리코야. 영원한 열일곱이지만, 실제 나이도 열일곱으로 고등학교 2학년. 이건 손님들한테는 비밀이지만. 잘 부탁해."

나는 그 메이드에게 간단히 고마움을 표하고 종업원용 출입구로 향했다.

안으로 들어가자 오너는 자리를 비웠다고 했다. 자기소개를 할 겨를도 없이, 정신없이 일하던 선배 메이드에게 대뜸 주방으로 들어가라는 지시를 받았다. 요리 담당인

나에게는 유니폼이 따로 없었고, 흰색 셔츠에 검은색 바지라는 규정만 있었다. 그 위에 유니폼 대용의 앞치마를 걸치고 주방으로 갔다.

황당하게도 주방에는 선배가 없었다.

이야기를 들어보니 요리 담당자는 벌써 몇 달 전에 오너와 싸우고 그만두어 버렸고, 그 후로는 메이드들이 번갈아 가며 주방 일과 서빙을 동시에 해왔다고 했다.

"얼른 좀 도와줘."

홀의 여유로운 분위기와 반비례하듯 주방의 업무 강도는 지옥을 방불케 했다. 살벌한 분위기 속에서 쉴 새 없이 손을 놀리는 메이드들 사이에 섞여 나는 눈치껏 일을 거들었다.

"수고했어."

대낮에 일을 시작했는데 끝나고 보니 밤 열한 시였다. 완전히 기진맥진해서 사무실에 널브러져 있던 내게 말을 걸어온 사람은 아까 출근할 때 마주쳤던 쇼트커트를 한 메이드였다.

"아…… 리코짱 선배."

이 가게에서 메이드들은 성이 아닌 이름에 짱이라는 호칭을 붙여서 서로를 불렀다. 손님들도 그렇게 부르고, 직원들도 같은 방식으로 통일했다. 조금 낯 뜨거웠지만, 로마에 가면 로마법을 따르라는 가르침대로 나도 굳이 대세를 거스르지 않고 그 풍습을 받아들이기로 했다. 그래도 연상이니 물고기군 씨[#2]처럼 존칭 중복 방식을 채택해서 선배 소리는 붙였다.

"오카다, 알바 첫날 소감이 어때?"

"케이크를 만들어본 건 난생처음이었어요."

워낙 일손이 달리다 보니 온갖 일을 다 소화해야 했다. 아르바이트는 처음 해보지만, 이렇게 힘들 줄은 몰랐다는 것이 솔직한 심정이었다.

"혹시 괜찮으면 우리 같이 나갈래?"

그렇게 묻기에 딱히 거절할 이유도 없고 해서, 리코짱 선배가 옷을 갈아입고 나올 때까지 기다렸다가 같이 귀가하기로 했다.

"오카다는 나랑 동갑이야?"

"아뇨, 한 살 아래예요. 고1이요."

"우와! 그렇구나. 여기 알바생들, 의외로 다들 연상이거든. 내가 제일 막내였어. 그래서 오카다가 들어와 준 게 기뻐! ……사실 주방 담당은 중노동이라서 다들 금방 그만두

#2 물고기군 씨 물고기군(さかなクン)이라는 예명으로 활동하는 일본의 어류학자 겸 방송인 미야자와 마사유키를 언급할 때, 물고기군 씨라고 존칭을 붙여야 하지 않느냐는 이야기가 나와 화제가 된 적이 있음.

거든. 그러다 보니까 좀 걱정이 돼서 말을 걸어본 거야."

아하, 역시 그 일은 굳이 따지면 고된 축에 속하는 모양이었다.

"으음, 그래도…… 저는 계속할 것 같아요. 아마도."

그렇게 대답하자 리코짱 선배는 놀란 표정을 지었다.

"호오, 그렇게 말하는 사람은 드문데. 무슨 이유라도 있어? 돈 모아서 여자 친구한테 선물이라도 사주게?"

"……으음, 뭐 이유는 있어요."

"여자 친구는?"

"있을 것처럼 보여요?"

"글쎄, 미묘한데~?"

그렇게 말하고 리코짱 선배는 웃었다.

그날 밤 녹초가 되어 집으로 돌아가니 부모님은 이미 안방으로 들어가신 후였다. 식탁에는 랩으로 싼 저녁밥이 놓여 있었다. 입맛이 별로 없어 냉장고에 도로 집어넣고 후딱 샤워를 한 다음 나도 방에 틀어박히기로 했다.

계단을 올라가 2층 통로에 발을 들여놓은 순간, 메이코 누나의 방 문이 열려 있는 것이 보였다. 그런 일은 드물었다. 그 방은 누나가 죽은 뒤로 그대로 보존되어 있었다. 이제 그만 누나 물건은 내다 버리고 창고로 쓰는 편이 낫지 않나 하는 생각이 들 때도 있지만, 그렇다고 부모님에게 그렇게 이야기할 마음은 나지 않았다. 물론 평소에는 아무도 드나들지 않는다.

방으로 들어가 전깃불을 켰다. 아마 엄마가 들어왔던 거겠지. 벽장문이 열려 있었다. 적어도 아버지는 이렇게 감상적인 행동을 할 타입이 아니다. 벽장 안에는 종이 상자가 층층이 쌓여 있고, 그 안에는 누나가 당시에 쓰던 물건들이 들어 있었다.

이런 걸 봐도 어차피 슬퍼지기만 할 뿐인데.

그렇게 생각하면서도 나 역시 상자 안을 들여다보고 말았다. 맨 위에 있는 상자에는 교과서 종류가 들어 있었다. 누나는 나와 다른 고등학교에 다녔으므로 교재도 상당히 달랐다. 국어 교과서를 꺼내 들고 팔랑팔랑 넘겨보았다.

불현듯 빨간 줄을 그어놓은 페이지가 눈에 들어왔다.

나카하라 츄야의 「춘일광상(春日狂想)」이라는 시였다.

사랑하는 이가 죽었을 때는
자살하지 않으면 안 됩니다.

첫 번째 행에 빨간 줄이 쳐져 있었다.

……빨간 줄을 쳐놓았다는 이야기는 누나가 그 시에 특

별한 관심을 가졌다는 뜻이다. 하지만 나는 시라는 것을 도무지 이해할 수 없었다. 애초에 시를 이해하는 사람이 이 세상에 있기는 한 걸까? 적어도 나는 지금껏 살면서 그런 사람을 만나본 적이 없었다. 그래서 메이코 누나가 시를 이해하는 사람이었다는 사실이 내게는 다소 의외로 다가왔다. 죽기 전에 누나는 굳이 따지면…… 최소한 남자 친구가 죽기 전까지는 활발한 성격으로, 문학소녀 같은 이미지와는 거리가 멀었기 때문이다.

메이코 누나의 남자 친구가 생각났다.

전형적인 산뜻한 느낌의 스포츠맨으로, 개인적으로는 다소 껄끄러운 타입이었다.

누나는 그 사람을 얼마나 좋아했던 걸까?

그나저나 암울한 시였다. 이런 시가 교과서에 실려도 괜찮은 건가 싶은 생각이 들 만큼.

사랑하는 이가 죽었을 때는 자살해야만 한다.

그럴 리가 없잖아. 나는 속으로 슬쩍 토를 달았다.

“진짜 하트를 그린 오므라이스 같은 게 나와?”

흥미진진한 얼굴로 마미즈가 내 아르바이트 경험담을 들려달라고 졸랐다.

“나온다고 해야 하나…… 대부분 내가 만드는데.”

내 대답에 마미즈는 뭐가 그리 우스운지 배를 잡고 신나게 웃어댔다.

"후아, 그만 웃겨. 배 아파."

"생각보다 재미있어. 메이드복 디자인도 섬세하고."

나는 마미즈에게 휴대폰으로 찍어 온 사진을 보여주며 설명했다.

"이 사람…… 누구야?"

"아, 리코짱 선배. 유니폼 사진을 찍고 싶다고 했더니 모델을 서줬어. 한 살 많은 누나야."

"흐음……."

어찌 된 영문인지 마미즈가 갑자기 시큰둥한 표정으로 나를 노려보았다. 난데없이 왜 기분이 상했는지 짐작조차 가지 않아, 나는 그만 당황하고 말았다. 그러자 마미즈가 화난 기색으로 불쑥 내뱉었다.

"나 번지 점프 하고 싶어."

칼로 푹 찌르는 말투였다.

"아니 저기, 그건 좀……."

"하고 싶어 하고 싶어 하고 싶어 하고 싶단 말이야!"

마미즈가 떼쓰듯 박박 우겨댔다.

"죽어도 안 해."

나는 단단히 못을 박았다.

2

얼마 후 나는 깊은 산골의 흔들다리 옆에서 계약서에 사인을 했다.

간단히 요약하면 만약에 사고가 나서 다치거나 죽더라도 전부 본인 책임이니 알아서 하라는 이야기였다. 그 내용이 더욱 공포심을 부추겼다. 당장이라도 꽁무니를 빼고픈 심정이었다.

하지만 일단 서류에 사인을 해버리고 나자, 그 다음은 얌전히 줄을 서서 차례가 돌아오기를 기다리는 수밖에 없었다.

"캬아아아아아아악!"

먼저 뛰어내린 여자가 단말마의 비명과도 같은 소리를 내질렀다.

내가 왜 피 같은 돈까지 써가며 이딴 고문을 당해야 하는 거지?

어쩐지 지독하게 불합리한 상황에 처한 기분이 들었다.

그렇게 불안에 떠는 사이 내 차례가 돌아왔다. 직원이 눈 깜짝할 사이에 내 몸에 안전 장비를 채워주었다. 이제는 각오를 다지는 수밖에 없다.

흔들다리 한복판에 있는 점프대로 가서 휴대폰을 꺼내 마미즈에게 영상 통화를 걸었다. 화면 속의 마미즈는 이제나저제나 내가 점프하기만을 기다리고 있었다.

"손님, 휴대폰은 여기 두고 가셔야 해요."

직원이 주의를 주었지만, 제지당하기 전에 훌쩍 뛰어내렸다.

몸이 허공을 갈랐다.

시야가 미친 듯이 흔들렸다. 흔들다리 밑을 흐르는 강물이 무서운 속도로 눈앞으로 다가왔다. 본능적으로 느꼈다. 이대로는 죽는다고.

"으아아아아아아아아아아악!"

꼴사나운 비명을 지르며 낙하했다가, 와이어로프가 한계치까지 늘어난 순간 그 반동으로 위로 부웅 솟구쳤다. 나는 하늘을 날고 있었다.

—아하하하핫!

마미즈가 폭소를 터뜨렸다. 그 모습을 확인할 여유 따위는 내게 없었다.

"으아아아악!"

—아하하하핫!

"우와아아아아아악!"

—아하하하하하하핫!

그렇게 정신없이 널을 뛴 끝에 마침내 내 몸이 상하운동을 멈추었다. 로프에 대롱대롱 매달린 채 시계추처럼 흔들리기만 했다.

"이제 됐냐?"

나는 지긋지긋한 심정으로 마미즈에게 물었다.

―응, 재미있었어.

마미즈는 몹시 기쁜 얼굴로 웃으며 대답했다.

어느 날 아침 열 시에 카야마에게서 전화가 걸려왔다. 보나 마나 성가신 용건일 게 뻔하다고 생각했기에 무시해 버릴까 망설였으나, 결국 받고 말았다.

―도와줬으면 하는 일이 있어.

카야마가 대뜸 운을 뗐다. 역시 받지 말 것을 그랬다고 곧바로 후회했다.

―요새 내가 뭘 하는지 알아?

"전혀 궁금하지 않은데."

카야마의 사생활에는 딱히 관심이 없고, 무슨 짓을 하든지 내 알 바 아니라고 생각했다. 나를 끌어들이지만 않는다면.

―여자관계를 정리하는 중이야. 전부 끝내고 싶어져서

카야마에게 여자 친구는 없다. 「여친은 안 만드는 게 내

신조라서」가 카야마의 입버릇이었다. 그런데도 카야마는 여자에게 인기가 있었다. 그래서 마구잡이로 건드리고 다니는 통에 1학기 때도 가끔 말썽을 빚고는 했다. 그랬건만 갑자기 웬 심경의 변화인지, 카야마는 난데없이 그 여자들 모두와 헤어질 작정이라고 선언했다.

—근데 성가신 여자가 한 명 있어서 말이야. 도무지 떼어낼 수가 없더라고. 내가 설득해봐야 소용없으니까, 네가 나 대신 가서 헤어져달라고 말 좀 해줘.

"야, 너 진짜……."

나는 그저 기가 막힐 따름이었다. 이별마저도 남에게 떠넘기다니, 이토록 불성실한 인간이 또 있을까.

"됐고, 난 절대 안 할 거니까 알아서 해."

—……있잖아, 오카다. 난 어쩌면 좋지? 완전히 궁지에 몰려서 이젠 미쳐버릴 것 같아.

카야마가 별안간 처량한 목소리로 말했다. 카야마가 얼마나 좌절한 상태인지, 얼굴을 볼 수 없는 전화상으로는 좀처럼 알기 힘들었다.

—오늘 잠깐 만날 수 없을까? 너하고 직접 만나서 상담하고 싶어.

결국 카야마가 거의 반강제로 밀어붙이는 바람에 상담

만이라는 전제를 달고 만나기로 했다.

카야마는 내게 가까운 패밀리 레스토랑의 창가 쪽 자리에서 보자고 했다. 약속 장소에 도착할 무렵, 카야마에게서 창가 맨 안쪽 테이블에 있다는 메시지를 받았다. 하지만 그 자리에 카야마는 없었다. 대신 다른 인물이 앉아 있었다.

내가 잘 아는 사람이었다.

"어? 오카다, 네가 왜……?"

거기서 마주친 사람은 다름 아닌 우리 반 담임 요시에 선생님이었다. 한순간 머릿속이 새하얘졌다. 그러다 이내 최악의 가능성이 떠오르며 골치가 지끈지끈 아파 왔다. 그 자식 진짜 죽여버릴까 보다 하는 생각이 들었다.

왜냐하면 요시에 선생님이 울고 있었기 때문이다. 내가 오기 전부터 계속 울었던 눈치였다.

"선생님, 혹시 카야마가 불러서 나오신 거예요?"

"뭐? ……응, 맞는데."

요시에 선생님은 내가 오기 전까지 휴대폰을 만지작대고 있었다. 그것으로 카야마에게 어느 자리에 앉았는지 알려준 거겠지.

"카야마는 못 와요. 그래서 대신…… 제가 이야기를 들어드릴까 하는데요."

"세상에, 오카다한테 우리 관계를 이야기했단 말이야? 아키라 걔도 진짜 사람을 우습게 아는구나."

요시에 선생님은 카야마가 아니라 아키라라고 이름을 불렀다. 덕분에 나는 마침내 싫어도 이 상황을 받아들일 수밖에 없는 처지가 되고 말았다.

카야마의 여자, 헤어지려는 여자. 그 사람이 바로 우리 반 담임인 요시에 선생님이었던 것이다.

카야마 너 아무리 그래도 진짜 너무 막 나가는 것 아니냐는 생각이 들었다.

"그 녀석은 뭔가 인간으로서 중요한 부분이 망가진 놈이에요. 진지하게 상대하지 않는 편이 나아요."

나는 요시에 선생님을 위로할 작정으로 그렇게 말했다. 하지만 사실은 이럴 때 어떤 식으로 행동해야 좋을지 감이 잡히지 않았다. 나 자신도 아직 누군가에게 헤어지자는 이야기를 해본 적이 없는데, 어떻게 다른 사람을 대신해서 이별 통보를 할 수가 있단 말인가.

"카야마는 한마디로 현실의 인간과 성실하게 사귈 수가 없는 타입이에요. 예전에 그 녀석의 인생관을 들은 적이 있는데요, 완전히 게임을 즐기는 감각이에요. 한꺼번에 몇 명과 사귈 수 있는지 시험해보는 것뿐이랄까요. 자기 생각밖에 안 해요. 저는 오늘 자기 대신에 선생님한테 이별 통보를 좀 해달라는 부탁을 받고서 이 자리에 나온 거라고요. 어떻게 생각하세요? 그야말로 인간 말종 아닌가요?"

"오카다, 어떻게 아키라를 그렇게 헐뜯을 수가 있어? 너희들 친구 아니었니?"

"친구 아니에요. 별로 친하지도 않고요. 저는 카야마가 비교적 껄끄러워요. 저하고는 딴 세상 사람이니까요."

"그럼 오카다는 왜 여기 나온 건데?"

"저에게 카야마는 친구가 아니라…… 은인이거든요. 정확하게 설명하기는 힘들지만요. 그냥 그게 다예요."

"무슨 소리인지 모르겠어."

요시에 선생님은 고개를 떨구었다.

"난 아키라를 보고 있으면 가끔 겁이 나. 위태로워서. 간단히 탈선해서 인생을 망쳐버릴 것 같은 느낌이 들어. 걱정스러워서 견딜 수가 없어서 놓아주고 싶지 않아. 아키라, 사고로 형을 잃었다고 했지? 그 다음부터 삐뚤어지기 시작했다는 이야기, 중학교 때 선생님한테 들었어. 게다가 미수에 그쳤지만, 학교에서 자살하려고 한 적도 있었잖아? 그런 이야기들, 생각보다 많이 중학교에서 고등학교로 올라오거든."

나는 그만 웃음을 터뜨릴 뻔했다.

"선생님, 그건 오해예요. 카야마는 절대 자살 미수 따위

저지르지 않아요. 삶에 대한 의지로 똘똘 뭉친 녀석이라고요. 선생님이 걱정하지 않으셔도 혼자 잘 먹고 잘 살 테고, 애초에 절대 남의 영향을 받지도 않아요. 그러니까 안심하셔도 돼요. 그런 점만큼은 저도 살짝 존경한다니까요?"

요시에 선생님은 이해할 수 없다는 표정을 지었다.

"난 지금 카야마뿐만 아니라 너한테까지 깔보이고 무시당하는 처지구나. 진짜 비참하네. 너무 한심하고 무력해서 이대로 사라져버리고 싶은 심정이야."

"죄송합니다."

나는 일단 사과했다.

"나는 진심이었어."

"걔는 장난이었죠."

나는 마치 조롱하듯 요시에 선생님의 말과 똑같은 리듬으로 대꾸했다. 선생님을 화나게 하고 싶었다. 분노하고, 그 분노를 발산해서 감정에 마침표를 찍기를 바랐다.

"오카다, 부탁이 있는데."

"뭔데요?"

"너한테 콜라를 끼얹어도 될까?"

"그러세요."

그러자 요시에 선생님은 정말 마시던 콜라를 내게 끼얹었다. 쫄딱 젖은 나를 남겨두고 요시에 선생님은 가게를 떠났다.

가게 밖으로 나와서 카야마에게 전화를 걸었다.

"요시에 선생님, 착한 사람 같던데."

―그래서 같이 있기 싫은 거야.

카야마는 웃으며 대꾸했다. 사이코패스 같은 웃음소리라고 생각했다.

"난 네가 싫어."

그 말을 끝으로 나는 전화를 끊었다.

주방일은 여전히 서툴기만 했지만, 리코짱 선배의 도움도 한몫했는지 인간관계 때문에 고충을 겪지는 않았다. 여자들이 많은 직장에서 겉돌지 않을까 조금은 걱정이었는데, 아무래도 리코짱 선배가 능숙하게 챙겨준 눈치였다. 그런 분위기가 느껴졌다.

"리코짱 선배, 매번 제 실수를 커버해주셨죠? 죄송해요. 그리고 감사합니다."

어느 날 집에 가는 길에 다시 선배와 동행하게 되어 나는 솔직하게 고마움을 표시했다.

"그야 오카다가 그만두면 곤란하니까. 주방 담당자가 정착되지 않으면 나도 불편하거든."

리코짱 선배는 그렇게 말하며 조금 쑥스러운 기색으로

웃었다.

“오카다, 오늘 뭐 할 일 있어?”

선배가 지나가는 말처럼 불쑥 그렇게 물었다.

“아…… 죄송해요. 실은 지금부터 춤추러 가야 해서요.”

“뭐?”

내 대답에 리코짱 선배는 놀란 기색을 드러냈다.

“잠깐 요 근처 클럽에서요.”

“우와, 신기하다. 오카다, 그런 데 갈 사람으로는 안 보였는데.”

“아뇨, 사실 그런 데 갈 사람이 아니기는 한데요…….”

이유를 설명하기가 곤란해 나는 말끝을 흐렸다.

“……그럼 나도 같이 갈래.”

선배가 그렇게 말하고 나섰다. 이번에는 내가 놀랄 차례였다.

“리코짱 선배야말로 춤 같은 건 안 출 타입처럼 보이는데요.”

“이래 봬도 좀 추거든.”

진담인지 농담인지, 리코짱 선배는 도발적으로 웃으며 말했다.

[지금 네가 시킨 대로 클럽에 왔어.]

마미즈에게 메시지를 보내자, 칼같이 답장이 왔다.

[어떤 느낌이야?]

[무서워.]

솔직한 감상이었다. 온몸에 문신을 한 근육질 거한과 술 때문인지 아니면 다른 것 때문인지 정신 나간 듯 웃어 대는 여자의 모습이 눈에 들어왔다.

어두컴컴한 데다 수상쩍은 핑크색과 녹색 라이트가 깜빡거리는 게 어쩐지 위험한 분위기였다. 따지고 보면 원래 열여덟 살 이하는 출입 금지인 공간이다. 솔직히 언제 야단맞고 쫓겨날지 모른다는 생각에 자꾸만 눈치를 보게 되었다.

[들키지 않게 사진 찍어서 보내줘!]

마미즈의 요구에 카메라를 켜려고 했을 때, 배터리 잔량이 2퍼센트밖에 되지 않는다는 사실을 깨달았다.

[안타깝지만 배터리가 다 됐어. 본선(本船)은 이것으로 통신을 종료한다.]

[그렇구나. 행운을 빈다.]

조난당한 우주선 같은 메시지를 주고받다 보니 결국 완전히 배터리가 나가버렸다.

"오카다, 재미있게 놀고 있어?"

그때 리코짱 선배가 리듬을 타며 나타났다. 아무래도 정말로 이런 곳이 익숙한지 그 움직임은 제법 그럴싸했다.

“생각보다 어렵네요.”

나도 선배를 흉내 내어 눈치껏 몸을 흔들었다.

“오카다, 어설퍼. 이렇게 해야지.”

그렇게 말하며 선배는 몸을 한층 더 격렬하게 꼬았다.

“이렇게요?”

나도 그 몸놀림을 따라 해보았다.

“저기, 있잖아. 우리랑 한잔 안 할래?”

그때 양아치 티가 팍팍 나는 껄렁껄렁한 남자들이 다가오더니 리코짱 선배에게 말을 걸었다.

오호.

이게 바로 그 헌팅이라는 거구나.

현장에서 직접 목격하기는 난생처음이었다.

“안됐지만 오늘은 남친이랑 같이 왔거든.”

그렇게 대답하며 선배가 느닷없이 내 허리에 팔을 척 둘렀다. 나는 내심 꽤나 놀랐다.

“그러니까 미안~.”

“이 새끼는 뭐야?”

양아치가 나를 향해 있는 힘껏 눈을 부라렸다. 문제가 일어날 것 같은 예감이 들었다.

몇 초간 어떻게 할까 고민했다.

그리고…….

"예에~!"

나는 신나게 춤을 추어 얼버무렸다. 양아치는 어처구니없어했고, 리코짱 선배는 웃었다.

"그리하여 나는 용감무쌍하게 아르바이트 선배인 리코짱 선배를 헌팅에서 지켜냈다는 거지! 어때?"

내 활약상을 대폭 뻥튀기해서 마미즈에게 그 에피소드를 들려주었다.

"타쿠야, 뭔가 거짓말하는 것 같은데?"

마미즈는 역시 예리했다. 나는 슬쩍 눈길을 피해서 그 지적을 못 들은 척했다.

"아무튼 진짜 위험천만한 곳이야. 언제 몬스터와 조우할지 모른다니까? 너 대신 내가 가기를 잘했어."

"……뭐 상관은 없지만."

마미즈는 뭔가 할 말이 있는 눈빛으로 나를 바라보았다.

"왜?"

"아무것도 아니야."

그렇게 대꾸하고, 마미즈는 잠시 생각에 잠겼다가 다시 입을 열었다.

"역시 아무것도 맞아."

“그건 또 무슨 소리야?”

나는 어이가 없었다.

“논리로는 설명 못 해.”

혹시나 싶은 생각이 들었다.

“마미즈, 질투해?”

“……다음에는 이거 하고 싶어. 해줘.”

이번에도 푹 찌르는 말투였다. 뒤이어 마미즈가 휴대폰을 내밀었다. 그 화면에는 어느 동영상 사이트에 올라온 영상이 있었다. 쭈뼛쭈뼛 재생 버튼을 눌렀다.

화면 속에서 곡예사가 마치 용처럼 불을 뿜었다.

“야, 이걸 어떻게 해!”

나는 저도 모르게 하늘을 우러러보고 말았다.

티격태격하는 사이, 자주 보아 낯이 익은 간호사가 다가왔다. 그리고 검사받을 시간이라며 마미즈를 데려가 버렸다.

다른 때 같으면 나도 그 타이밍에 집으로 돌아갔겠지만, 그날은 문득 생각나는 일이 있어서 병실로 되돌아갔다. 내가 오기 전에 마미즈가 웬일인지 패션 잡지를 읽고 있었기 때문이다. 평소에는 책밖에 읽지 않는 마미즈치고는 드문 선택이었다. 그래서 과연 어떤 잡지인지 그 내용을 한번 확인해보고 싶어졌다.

마미즈가 없는 병실에서 나는 그 패션 잡지를 들춰보았다.

몹시 시크하달까 모던하달까, 어른스러운 취향의 잡지였다. 해외 컬렉션 브랜드를 중점적으로 다루고 있었고, 모델도 대부분 외국인이었다. 하기는 잘 생각해보면 나는 그동안 환자복을 입은 마미즈밖에 본 적이 없었다. 입원 중이니 할 수 없는 노릇이지만, 마미즈도 사실은 멋을 내고 싶은 거겠지. 하지만 부끄러워서 나한테는 이야기하지 못했는지도 모른다. 그나저나 원피스 한 벌에 19만 엔이라니, 도대체 어떤 세상이야? 이 사람들은 평소에 뭘 먹고 사는 거지……? 캐비아?

팔랑팔랑 흥미롭게 잡지를 넘겨보다 문득 접혀 있는 페이지를 발견했다. 뭔가 싶어 자세히 살펴보니 빨간 하이힐 하나만 커다랗게 찍혀 있는 광고였다. 나는 별생각 없이 그 페이지를 휴대폰으로 찍어두었다.

3

"오카다, 왜 그래? 오늘 알바 할 때 보니까 기운이 하나도 없던데."

리코짱 선배가 걱정스러운 기색으로 물었다.

"리코짱 선배는 불을 뿜어보신 적이 있나요……?"

"응? 불?"

"저는 오늘 알바하기 전에 뽑었거든요……."

선배가 난감한 표정을 지었다. 무슨 뜻인지 영 감을 못 잡는 눈치였다. 하기야 그렇겠지. 나도 남이 이런 소리를 하면 얘가 뭘 잘못 먹었나 하는 생각밖에 안 들 테니까.

"괜찮아?"

"네, 뭐."

아르바이트를 마치고 같이 집에 갈 때도 리코짱 선배는 여전히 나를 걱정하는 눈치였다. 내 상태가 어지간히 심각해 보였던 모양이다.

"아, 오늘은 여기서 헤어져야겠네요. 가는 길에 거북이를 사야 해서요."

"거북이?"

이번에야말로 리코짱 선배는 영문을 모르겠다는 얼굴을 했다.

"나도 따라가 줄까?"

"아뇨, 괜찮아요."

"나 심심하거든."

"아뇨, 이건 좀…… 거북이는 혼자 고르고 싶어서요."

뭔가 파충류 선별에 굉장히 까다로운 사람이 되고 말았다. 내 이미지, 이래도 괜찮을까.

집에 돌아오자 엄마가 놀란 목소리로 물었다.

"타쿠야, 그게 대체 뭐니?"

수조를 비롯한 거북이 사육용 장비 세트와 거북이를 바리바리 싸 들고 귀가한 아들의 모습에 엄마가 내뱉은 첫마디였다.

"아, 오늘부터 거북이 키우려고."

나는 그렇게 대답하고 손바닥에 올려놓은 거북이를 엄마 눈앞으로 가져갔다.

그러자 엄마는 현기증이라도 나는지 이마를 짚으며 탄식했다.

"너 설마 머리가 이상해진 건 아니지?"

"네네, 그럼요."

쏟아지는 잔소리를 들으며 거실 한쪽에 수조를 세팅했다.

"너 요새 왠지 부산스럽더라."

엄마가 나에 대한 평가를 내렸다. 하기야 나는 원래 방콕 체질이랄까, 특별한 용건이 없으면 하루의 대부분을 집에서 보내는 타입이었다. 하지만 요즘은 마미즈 때문에 어디론가 나가거나 무언가를 하는 경우가 늘어났다.

"조금은 기운을 차렸다는 뜻이려나?"

엄마가 한숨을 쉬며 중얼거렸다. 지금의 내 모습은 옆에서 보기에는 뭔가 심경의 변화가 생겨 활발해진 것처럼 비칠지도 모른다. 실상은 조금 다르지만.

"우와!"

마미즈가 눈을 반짝이며 환호성을 질렀다.

"거북이다!"

병실에 거북이를 데려와도 괜찮은 걸까. 아니, 아무리 생각해봐도 괜찮을 리 없지만…… 결국 가방 안에 숨겨서 몰래 데려오고야 말았다.

"굉장해, 내가 한 말 기억해줬구나."

"알바비가 빨리 나왔거든."

그나저나 거북이를 보고 이렇게까지 좋아하는 사람은 마미즈 정도밖에 없지 않을까 하는 생각이 들었다.

"있잖아, 얘 이름은 뭐야?"

마미즈가 물었다.

"이름? 거북이는 거북이지 뭐."

나는 사실대로 대답했다.

"진심으로 하는 소리야……?"

"응."

"말도 안 돼!"

마미즈가 화난 기색으로 소리쳤다. 기뻐했다가 화냈다가 여전히 변화무쌍한 애다.

"나쓰메 소세키도 고양이한테는 따로 이름 안 붙이고 그냥 『고양이』라고 불렀다고. 얘도 그냥 거북이면 됐지 뭐."

"넌 소세키가 아니잖아! 런던으로 유학 간 적도 없고, 슈젠지(修善寺)에서 큰 병을 앓은 적도 없으면서!"

이상한 데서 박식한 마미즈였다.

"그럼 마미즈 네가 지어주던가."

나는 성가신 마음에 그렇게 대꾸했다.

"앗, 정말? 그래도 돼?"

마미즈는 어쩐지 기쁜 눈치였다.

"그래, 멋진 네이밍 센스를 기대해볼게."

"카메노스케[#3]."

"센스 빵점이잖아!"

어찌나 촌스러운지 그만 기겁하고 말았다.

"뭐 어때, 귀엽잖아. 그치? 카메노스케?"

아무래도 마미즈의 머릿속에서는 이미 카메노스케로 확정된 눈치였다. 그리하여 경사스럽게도 우리 집 반려동물의 이름이 결정되었다.

#3 카메노스케 일본어로 거북이는 카메(カメ)이며, 카메노스케는 한국어로 거북돌이 같은 이름이다.

4

그 후로도 나는 마미즈의 억지스러운 부탁을 들어주며 지냈다. 마미즈가 잇달아 내게 요구해 오는 죽기 전에 하고 싶은 일 중에는 너 그거 진짜로 죽기 전에 해보고 싶다고 생각했던 거 맞아? 그냥 생각나는 대로 아무거나 막 시키고 쩔쩔매는 내 모습을 지켜보며 즐거워하는 거 아냐? 라고 묻고 싶은 마음이 드는 것도 수두룩했지만, 떨떠름해하면서도 나는 그런 요구 역시 대부분 들어주었다.

만화에 종종 나오는, 이웃집 감나무에서 감을 서리하다가 들켜서 혼나는 상황을 연출해보고 싶었다고 하길래 실제로 시도했다가 정말로 야단맞기도 했다(손이 발이 되도록 싹싹 빌었다). 초대형 메뉴 제한 시간 안에 먹기에 도전해보고 싶다길래 그것도 했다. 초거대 돈가스 덮밥, 당연히 다 먹는 데 실패하고 3천 엔을 냈다.

미용실에서 잡지 표지를 가리키며 "이 사람하고 똑같은 머리로 해주세요."라고 주문해보기도 했다. 결과물은 평소와 똑같은 헤어스타일이었다.

홈런을 쳐보고 싶대서 밤에 아르바이트 끝나고 돌아가는 길에 배팅 센터에 열심히 드나들었다. 홈런이라고 써진 과녁을 맞힐 때까지 하염없이 풀스윙을 계속한 끝에 사흘째 되던 날 마침내 성공했다. 상품은 어째서인지 탁구채였다.

한 번쯤 헌팅을 당해보고 싶었다는 리퀘스트에 부응하고자 번화가 교차로에 한참을 우두커니 서 있어보기도 했다. 물론 아무도 말을 걸어오지 않았다. 저를 헌팅해주지 않으시겠느냐고 지나가던 여자에게 부탁해보기도 했지만, 신종 헌팅 수법으로 착각했는지 욕만 얻어먹었다.

노래방에서 목이 쉴 때까지 열창한 적도 있었다. 다음 날 사악한 마법사처럼 음산한 목소리가 된 나를 보고 마미즈는 깔깔 웃었다.

그렇다고 내가 마미즈의 요구를 하나부터 열까지 다 들어준 것은 아니었다. 다양한 사정으로 실현 불가능한 일들도 있었기 때문이다.

택시를 타고 바다로 가달라고 말해보고 싶다고도 했지만, 그랬다가는 가진 돈이 모자라 택시비를 못 내는 사태가 벌어지지나 않을까 불안했으므로 일단 보류하기로 했다.

좀비를 쏴 죽이고 싶다는 말도 했지만, 유감스럽게도 우리가 사는 이 세계에 좀비는 존재하지 않았으므로 쏴 죽이려야 쏴 죽일 수 없었다. 시속 2백 킬로미터로 드라이브하고 싶다는 것도 당연히 무리였다. 자가용도 면허도 없거니와, 설령 있다 하더라도 하지 않았으리라.

아무튼 잘도 그렇게 아이디어가 퐁퐁 솟아나는구나 싶어 감탄하고 말았다. 내게는 하고 싶은 일 따위 거의 없었기 때문이다.

마미즈는 자기가 시키는 황당무계한「죽기 전에 하고 싶은 일」을 내가 대신할 때마다, 또 그 이야기를 들려줄 때마다 진심으로 즐거운 듯 웃었다. 실제로 나도 썩 나쁜 기분은 아니었다. 그런 나날들을 나 역시 나름대로 즐겼다.

"고마워. 네 덕분에 또 하나 미련을 덜었어."

노래방에 다녀온 이야기를 들려주자, 마미즈는 마지막에 그렇게 말했다.

문득 그런 생각이 들었다.

나는 이런 식으로 마미즈가 가진 현세의 미련을 지워나가는 역할을 맡았다고 봐도 되는 걸까.

이 세상에 남은 미련이 하나씩 사라져가면, 그 끝에 마미즈는 어떻게 되는 걸까.

"있잖아, 마미즈."

나는 문득 물어보고 싶어졌다.

"응?"

"마미즈는 자살하고 싶다고 생각한 적 있어?"

마미즈는 눈썹 하나 까닥하지 않고, 평상시와 똑같은 음성으로 대꾸했다.

"매일 생각해."

그 대답에 심박수가 약간 빨라졌다.

매일 생각해.

어쩐지 그 말은 진짜일 것 같다는 생각이 들었다.

마미즈에게 물어본 것과 같은 질문을 예전에 메이코 누나에게 한 적이 있었다. 그때 누나가 뭐라고 대답했는지는 잘 기억나지 않는다.

다만 남자 친구가 죽고 나서부터 메이코 누나는 자주 바깥을 돌아다니게 되었다.

돌아다닌다고 표현했지만, 그렇다고 딱히 누군가를 만난다거나 놀러 다니는 것은 아니었다.

정말 그냥 걷기만 했다. 단지 그 강도는 산책처럼 귀여운 수준이 아니었다. 대여섯 시간쯤은 아무렇지도 않게, 그야말로 하염없이 걸어 다녔다.

누나의 그런 행동에는 원칙이 있었다. 행선지도 정해놓지 않고 마음 내킬 때 걷기 시작해서, 발길 닿는 대로 무작정 걷는다. 페이스 조절이나 중간 휴식은 없다. 그러다 지치면 올 때는 전철이나 택시를 타는 모양이었다.

누나가 죽은 것은 그런 밤의 산책 도중에 일어난 일이었다.

누나가 죽은 후로 나도 한 달에 한 번꼴로 누나를 흉내 내어 바깥을 나돌아 다니고는 했다. 한밤중에 가급적 엄마에게 들키지 않도록 집을 빠져나와 쏘다니듯 길을 걸었다. 그럴 때면 나도 혼자서 외로이 정처 없이 헤매듯 걷는 누나의 그 단순한 규칙을 지키려고 노력했다.

하지만 딱 한 번, 그 시간을 카야마와 공유한 적이 있었다.

중학교 수학여행 날 밤이었다. 그런 날 밤이라고 하면 원래 난리법석을 피우는 게 보통인지, 다른 아이들은 교사의 눈을 피해 술판을 벌이기 시작했다. 누구를 좋아한다느니 누가 누구와 사귄다느니 하는 이야기로 한껏 달아올라, 도저히 혼자 먼저 잠들 수 있는 분위기가 아니었다. 게다가 어차피 잠을 청하려고 해도 시끄러워서 잘 수 있을 것 같지가 않았다.

그래서 숙소를 빠져나가려던 차에 계단에서 카야마와 딱 마주치고 말았다.

"오카다, 이 밤중에 어디 가?"

"……그냥 어딘가."

"나도 갈란다."

싫다고 했는데도 카야마는 기어이 따라왔다. 나는 카야마를 거의 무시하다시피 하며 걸었다. 억지로 따라온 것

치고 카야마는 딱히 내게 말을 붙이려는 기미가 없었다.

수학여행의 밤을 우리는 말없이 계속 걸었다.

거의 길을 꺾지 않고 똑바로 걸었다. 되도록 인적이 드문 곳을 향해 걸었다. 걷다 보니 돌아가기가 싫어졌다. 죽을 때까지 이대로 계속 걷고 싶었다. 하지만 얼마 못 가 결국 피곤해져서 비틀비틀 쭈그려 앉고 말았다.

때마침 작은 신사가 눈에 띄었기에 그 경내에 털썩 주저앉았다. 카야마가 자판기에서 주스를 뽑아 와 내게 던져주었다.

"넌 병들었어."

카야마가 그런 내 모습을 보고 어이없다는 듯 말했다.

"난 정상이야."

캔을 따서 탄산을 단숨에 들이켰다. 달아야 할 음료수가 어쩐지 씁쓸했다.

"내가 보기에 넌 아무 데도 못 갈 타입이야."

카야마는 그렇게 의미심장한 소리를 했다. 어쩐지 깔보는 느낌이 들어 울컥했다.

"그러는 넌 어딘가에 갈 수 있다고 생각해?"

"난 오카다 너하고는 달라. 자잘한 일에 얽매이지 않거든. 난 이래 봬도 즐기고 있다고. 형이 죽은 뒤로 말이야. 난 현실은 게임이라고 생각하기로 했어. 어차피 언젠가 맥없이 죽을 텐데 진지해져봤자 무슨 소용이야? 그러니까 설령 누군가를 상처 입힌다 해도 난 상처 입지 않아."

나는 그 말에 털끝만큼도 공감할 수 없었다.

"난 즐길 거야."

"그러시던가."

나는 진절머리가 나서 대꾸했다.

"그러니까 오카다, 넌 고민해도 돼."

마치 내 몫까지 고민해달라는 말투였다.

"너 말이야, 진짜 짜증 나."

나는 다 마신 빈 캔을 쓰레기통에 던져 넣었다.

그래, 생각났다.

"여기가 아닌 어딘가에 가고 싶어질 때는 있어."

내가 물어보았을 때, 메이코 누나는 분명히 그렇게 대답했다.

맞다. 누나가 말한 것처럼 일상이란 때때로 사람을 숨막히게 한다. 그래서일까 하는 생각이 들었다. 어쩌면 그래서 나는 계속 와타라세 마미즈의 병실에 드나드는지도 몰랐다.

"나 케이크 만들어보고 싶었어."

어느 날 마미즈가 또다시 즉흥적으로 생각난 소원을 입에 올렸다.

그 말에 불쑥 어떤 의심이 싹텄다. 마미즈의 요구 사항 중에는 초대형 메뉴 먹기라든가 감 서리처럼 음식과 관련된 부탁이 유난히 많았다. 어쩌면 마미즈는…….

"방금 식탐이 강하다고 생각했지?"

요즘 들어 마미즈는 내 마음을 읽는 능력이 생긴 모양이었다. 나는 내심 뜨끔하며 대답했다.

"그래, 알았어. 다음에 만들어서 가져다줄게."

"고마워…… 다 먹을 수 있을지는 모르겠지만."

불현듯 마미즈의 표정이 어두워졌다. 최근에는 별로 본 적이 없는 표정이었다.

"상관없어. 남으면 내가 먹으면 되니까."

"아 참, 하지만 말이야. 들어봐. 이번에 대규모 검사를 하게 됐거든. 요새 내가 좀 건강하잖아. 결과에 따라서는 일시적으로 퇴원할 수 있을지도 몰라."

"그럼 우리 어디 놀러 갈까? 가고 싶은 데 있으면 말해봐."

"아주 멀리는 못 가지만. 아, 그럼 장소는 네가 생각해봐."

"평소하고는 다른 패턴이네."

"가끔은 괜찮지 않아? 타쿠야 네가 가고 싶은 데가 좋겠어. 나 그날을 기대하며 힘낼 테니까, 알았지?"

그렇게 마미즈는 이번에는 밝은 표정으로 내게 고민거리를 떠넘겼다.

영업을 마친 메이드 카페의 빈 주방에서 케이크를 굽기로 했다. 다행히 케이크는 메뉴에 포함되어 있어 만드는 법도 알고 있었고, 재료도 푸짐했다. 오너도 없으니 들키지만 않으면 혼날 일도 없겠거니 싶었다.

"뭐해? 오카다."

리코짱 선배가 불쑥 얼굴을 내밀었다.

"아, 개인적으로 케이크 좀 구우려고요."

"도와줄까?"

"아뇨. 저, 케이크는……."

"혼자 만들고 싶은 타입이라고?"

선배가 토라진 기색으로 대꾸했다. 나는 뭐라고 대답해야 할지 망설였다.

"다음에 같이 해요."

그렇게 나는 그 상황을 모면하기 위한 대사를 입에 담았다.

"진짜로 다음에 같이 하기야, 알았지?"

그 말을 끝으로 리코짱 선배는 가게를 떠났다.

"이 케이크, 좀 너무 달지 않아?"

마미즈가 이맛살을 찌푸리며 말했다.

"그런 투정 부릴 거면 드시지 않으셔도 됩니다."

딸기 타르트 케이크. 가게 메뉴에는 없는 내 오리지널 역작이었다.

밤 열한 시 넘어서까지 끈질기게 케이크와 씨름한 내 노고를 대체 뭐로 보는 건가. 살짝 열 받았다.

"미안미안, 달고 맛있어! 타쿠야, 삐치지 마~."

접시를 뺏어 들려고 하자, 마미즈가 허둥지둥 내 손을 가로막았다.

이러쿵저러쿵하면서도 결국 마미즈는 내가 건네준 케이크 조각을 전부 먹어치웠다.

"어때? 맛있지?"

나는 으스대며 말했다.

"응! 타쿠야는 요리 천재야!"

그 정도로 치켜세우니 도리어 빈말처럼 느껴졌다.

"그러고 보니 마미즈는 무슨 컵이야?"

대뜸 그렇게 묻자, 마미즈가 주먹으로 나를 퍽 때렸다.

"왜 뜬금없이 그런 걸 물어봐?"

"그냥 궁금해서."

"비공개예요."

"그럼 몸무게는?"

"몰라요."

"혈액형은?"

"비밀."

"야, 혈액형 정도는 알려줘도 되잖아."

"……O형."

"발 사이즈는?"

"240."

"크네."

"아니거든?! 보통이라고!"

마미즈가 펄펄 뛰는 바람에 나는 그쯤에서 돌아가기로 했다.

집으로 돌아와서 남겨놓은 케이크를 엄마와 둘이 나눠 먹기로 했다.

"너희 아빠는 단 걸 싫어하니까. 그나저나 네가 케이크를 구워 오다니, 별일이 다 있구나. 무슨 케이크니?"

"딸기 타르트야."

접시에 케이크를 옮겨 담으며 대답했다.

엄마가 포크를 가져오더니 냉큼 케이크를 한 조각 잘라 입에 넣었다.

"이게 뭐야? 너 설탕 분량을 잘못 잰 거 아니니?"

엄마가 인상을 쓰며 내게 항의했다. 그럴 리가 없는데……? 그렇게 생각하며 나도 케이크를 입에 넣었다.

"윽, 달아!"

혀가 떨어져 나가는 줄 알았다.

"걔는 이런 걸 잘도 먹었네……."

무심코 소리를 내서 중얼거리고 말았다.

"걔라니?"

"아니…… 아무것도 아냐."

엄마에게서 시선을 돌린 순간, 거실 구석의 수조에서 하품을 하는 카메노스케의 모습이 눈에 들어왔다. 거북이도 하품을 하는구나.

"있잖아, 엄마. 카메노스케 말이야, 케이크 먹으려나?"

"안 먹을 것 같은데?"

안 먹을 것 같은 느낌도 들었지만, 시험 삼아 줘보기로 했다. 포크로 작게 잘라서 카메노스케가 있는 수조에 넣어보았다.

"얘, 하지 마. 배탈이라도 나면 어쩌려고 그러니?"

한동안 가만히 관찰하고 있자니, 마침내 카메노스케가 케이크에 관심을 보였다.

먹을까?

안 먹을까?

덥석. 카메노스케가 케이크를 입에 넣었다.

퉤.

그리고 뱉었다. 나는 낙담했다.

"하긴 너무 다니까."

엄마는 카메노스케를 동정하듯 말하고, 설거지를 하러 부엌으로 들어갔다.

며칠이 지나 다시 병실로 찾아가자, 마미즈는 어째서인지 손톱에 분홍색 매니큐어를 바르고 있었다.

"어라, 오늘따라 무슨 바람이 분 거야? 누구 마음에 둔 남자라도 온대?"

나는 뒷짐 진 손에 어떤 물건을 감추고 다가갔다.

"응, 맞아. 네가 가고 나서 베네딕트 컴버배치가 오기로 했거든."

"베네딕트 컴버배치가 이상형이야……?"

나로서는 도무지 이해가 가지 않는 취향이었다.

"아아, 매일매일 똑같은 병실에 똑같은 풍경이라니. 따분해 죽겠어."

푸념하듯 마미즈가 투덜거렸다.

"불평해봤자 소용없잖아."

"그렇기는 하지만. 아, 맞다. 있지, 카메노스케도 불쌍해."

마미즈가 불쑥 말했다.

"평생을 수조 안에서만 살다니, 꼭 나 같잖아. 한 번이라도 좋으니까 바다 구경을 시켜주고 싶어."

마미즈는 어쩐지 감상적인 말투로 중얼거렸다. 황당한 소리라는 생각이 들었다. 반려동물이라는 개념을 완전히 부정하는 발언처럼 들리기도 했다.

"근데 타쿠야, 아까부터 등 뒤에 뭔가 감추고 있는 것 같은데? 뭐야?"

"아, 맞다. 이거 오다가 주웠는데, 너 가져."

나는 대답하며 마미즈에게 어떤 물건을 건네주었다. 새하얀 구두 상자였다.

"분위기라고는 요만큼도 없는 선물 멘트네."

마미즈는 정말로 기분이 상했는지, 약간 못마땅한 기색으로 대꾸하며 상자 뚜껑을 열었다.

"세상에, 이게 어떻게 된 거야?"

안에 담긴 물건을 꺼내 든 마미즈가 믿어지지 않는다는 눈빛으로 그것을 빤히 쳐다보았다.

그것은 바로 빨간 하이힐이었다.

예전에 마미즈가 읽고 있었던 잡지 속의 광고와 완전히 똑같은 브랜드의 똑같은 상품이었다. 찾아다닌 끝에 백화점에서 발견하고 사 온 것이다.

"이거 내가 진짜 갖고 싶었던 건데!"

"신어봐."

"그래도 돼?"

마미즈는 약간 쭈뼛거리며 시선만 살짝 들어 내 눈치를 살폈다. 마미즈의 그런 반응이 조금 신선했다.

마미즈가 머뭇거리며, 그러면서도 설레는 티를 내며 발을 뻗어 하이힐을 신었다. 어울리려나? 사이즈는 맞으려나? 정말 내가 신어도 되는 걸까? 마치 동화 속 신데렐라처럼 마미즈는 다소 긴장한 기색이었다.

"와, 딱 맞네. 어떻게 된 거야? 대단해. 타쿠야, 독심술도 써?"

단순히 사이즈만 맞는 게 아니라, 마미즈의 날씬하고 하얀 다리에 그 하이힐은 아주 근사하게 어울렸다.

"사이즈는 지난번에 알아냈으니까."

"아!"

그제야 생각났는지 마미즈가 나를 깜짝 놀란 눈으로 바라보았다.

"제법인데? 타쿠야."

"내가 원래 한가락 하지."

마미즈는 양쪽 발에 하이힐을 신고 침대 위에서 다리를

달랑달랑 흔들었다.

“아아, 스티커 사진 찍고 싶다.”

마미즈는 여전히 황홀한 표정으로 천장에 시선을 고정한 채 말했다.

“죽기 전에 하고 싶은 일이랑은 상관없이, 그냥 순수하게 스티커 사진 찍고 싶어.”

그렇게 중얼거린 마미즈는 폴짝 뛰어내리듯 침대에서 내려왔다.

“나 입원했을 때 중학생이었거든. 병원에서 어린아이에서 어른이 된 거야.”

고등학교 1학년이 과연 어른인지는 미묘하지만, 마미즈가 무슨 뜻으로 한 말인지는 어렴풋이 짐작이 갔기에 토를 달 마음은 나지 않았다.

“잠깐 걸어볼게.”

말이 끝나기가 무섭게 마미즈는 등을 꼿꼿이 펴고 반듯한 자세로 병실을 가로질렀다. 그렇게 일단 다인실 출입문 밖으로 모습을 감추는가 싶더니, 돌아왔을 때는 완전히 패션모델이 따로 없었다. 그 모습에 저절로 웃음이 터져 나왔다. 이윽고 마미즈가 허리에 손을 얹고 두 발을 살짝 벌려 당당한 포즈를 취했다.

“자자, 어때?”

나는 웃으며 박수를 쳤다. 그러자 마미즈가 조금 쑥스러운 기색으로 미소 지었다.

침대 옆으로 돌아온 마미즈가 내게 살며시 귓속말을 건넸다.

"나, D야."

이번에는 내가 쑥스러워할 차례였다.

어떤 반응을 보여야 할지 몰라, 나는 한 번 더 박수를 쳤다. 마미즈는 까르르 웃었다.

집에 와서 나는 평소처럼 메이코 누나의 불단 앞에 드러누워 새로 사 온 레저 잡지를 펼쳤다. 마미즈의 검사 결과가 양호하면 둘이서 어딘가 놀러 가자는 이야기가 나왔던 것이 떠올랐기 때문이다. 당일치기로 갈 만한 곳을 추려 보려고 팔랑팔랑 페이지를 넘기는데, 휴대폰이 진동했다.

[검사 결과 나왔어. 전혀 좋지 않았어.]

마미즈가 보낸 메시지였다.

나는 잡지를 조용히 쓰레기통에 버렸다.

5

마미즈가 입원한 병원의 1층은 외래 진료 접수창구여

서, 공공 기관 특유의 칙칙한 색 벤치가 줄줄이 늘어서 있었다. 어느 날 병원에 가자, 그 벤치에 리츠 아주머니가 앉아 있는 모습이 보였다. 인사라도 할까 싶어 다가가 보니 뭔가 분위기가 이상했다.

마치 죽을 것 같은 표정을 하고 있었다.

안색은 창백했고 표정은 딱딱했다. 자세히 보니 가늘게 떨고 있는 게 느껴졌다. 손이라든가 다리가 아니라, 온몸이 희미하게 떨렸다. 보는 사람이 다 애처로울 지경이었다. 나는 처음에 건넬 작정이었던 「안녕하세요.」라는 인사 대신 “괜찮으세요?” 하고 말을 걸었다.

열에 들뜬 듯 몽롱한 표정으로 리츠 아주머니가 나를 보았다.

“……너 오늘도 마미즈 문병 온 거니?”

“무슨 일 있었어요?”

나는 불안을 억누르며 물었다.

“내가 이래서야 못쓰겠지?”

그렇다고도 아니라고도 대답하지 못하고, 나는 그저 침묵했다. 그러자 리츠 아주머니가 옆에 놓아두었던 종이봉투를 내게 내밀었다.

“미안하지만 이거, 마미즈한테 전해주지 않을래?”

순간적으로 직접 전해주면 되지 않나 하는 생각이 들었

지만, 잠자코 받아 들었다.

"난 지금은 그 애를 만나지 않는 편이 나을 것 같아."

그 말을 끝으로 일어서서 "그럼 부탁할게."라고 내게 말하더니, 위태로운 걸음걸이로 출입문 쪽으로 걸어갔다. 리츠 아주머니가 병원을 나서는 모습을 멍하니 바라보다가 마미즈의 병실로 향했다. 엘리베이터를 타고 올라가는 내내 리츠 아주머니가 했던 이야기를 곱씹어 보았다. 그 의미를 거듭 생각해보았다. 그다지 긍정적인 예감은 들지 않았다.

병실로 들어서자마자 마미즈와 눈이 마주쳤다.

"이제 안 와주려나 했어."

창문 밖에서 새어든 빛이 마미즈의 윤곽을 흐릿하게 비추었다. 무심결에 참 예쁜 얼굴이라고 생각했다. 만약 마미즈가 병에 걸리지 않았더라면 어떤 인생을 살았을까. 틀림없이 주위에는 항상 사람들이 넘쳤을 테고, 지금보다 훨씬 밝은 성격이었을 테지. 그랬더라면 나와 접점 따위는 없었을지도 모른다.

"왜?"

나는 침대 옆에 있는 둥근 의자에 걸터앉아 다리를 꼬았다.

"화났을 것 같아서."

"뭣 때문에?"

"놀러 가자는 말을 꺼낸 사람은 나인데, 못 가게 됐으니까."

"그런다고 왜 화가 나는데?"

마미즈의 머릿속을 도통 이해할 수가 없었다.

"늘 생각해. 난 맨날 이기적인 소리만 해서 난처하게 만드니까. 머지않아 신물이 나서, 어느 날 갑자기 타쿠야 네가 발길을 뚝 끊어버리는 거야. 그렇게 디 엔드."

"그럴 리가 없잖아."

나는 깊이 생각해보지도 않고 일단 마미즈를 달래기 위해 그렇게 말했다.

"있잖아, 내가 언젠가 절대로 오지 말라고 해도 만나러 와줄 거야?"

그런 앞뒤가 안 맞는 소리를 해서 마미즈는 나를 난감하게 했다.

……보아하니 마미즈는 마음이 약해진 눈치였다. 검사 결과가 좋지 않았는지 뭔지는 몰라도, 그것까지 포함해서 이런저런 일들이 겹치는 바람에 낙심하고 불안해진 모양이었다.

"쓸데없는 걱정은 하지 마."

나는 화제를 돌리려고 아까 넘겨받은 종이봉투를 마미

즈에게 건네주었다.

"오다가 로비에서 너희 엄마를 만났거든. 뭔가 바쁘셨던 모양인지 좀 전해달라고 하시더라."

"우리 엄마, 사실 그렇게 나쁜 사람은 아닌데. 타쿠야, 전에는 미안했어. 옛날에는 더 온화한 성격이었는데. 아마 지친 거겠지. 나 때문에."

그렇게 말하며 마미즈는 봉투에 들어 있던 물건을 꺼냈다. 그 안에서 나온 것은 뜨개바늘과 뭔가 짜다 만 뜨개질 거리였다.

"그건 뭐야?"

의아해져서 물어보았다.

"그게, 실은 중학교 들어가자마자 시작했는데 금방 좌절해버려서 말이지. 기왕이면 이런 것도 못다 한 상태로 남겨두지 않는 게 나으려나 싶어서."

마미즈는 어딘가 막막한 기색으로 그 어정쩡한 털실 뭉치를 바라보았다. 그것은 아직 특정한 형태조차 띠고 있지 않았다.

"그때는 스웨터를 뜰까 했는데, 아무래도 때에 못 맞추겠지?"

"때라니?"

"겨울 말이야. 봄에 손뜨개 니트가 있어봤자 무슨 소용

이야?”

마미즈는 깊은 한숨을 내쉬더니 침대에 털썩 드러누웠다. 그리고 우울한 눈으로 나를 바라보았다.

“있잖아, 다음에는 뭘 하고 싶어?”

나는 마치 당연하다는 듯 물었다.

“……으음, 그럼 나 천체 관측 해보고 싶어!”

마미즈는 조금 무리하듯 애교스러운 목소리로 웃어 보이며 말했다.

“나 별 좋아하거든.”

그런 느낌의 목소리는 처음 들어본다고 생각했다.

우리의 거리는 조금 줄어들었는지도 모른다. 어쩌면 지나치게 줄어들고 말았는지도 모르지만.

6

사실 인간이라면 누구나 몸에서 희미한 빛이 난다고 한다. 다만 그 빛은 육안으로 인식할 수 없을 만큼 미약하므로 평소에는 다들 그 사실을 의식하지 못하고 살아간다. 인간뿐만 아니라 생물이라면 모두 미약한 빛을 뿜어낸다고 들었다. 바이오포톤(biophoton)이라 불리는 그 빛의 밝기는 별의 백만 분의 일 정도라고 한다. 그리고 그 밸런

스가 극단적으로 무너져 비정상적이 되는 질환이 바로 발광병이 아닌가 추측되고 있다.

그날 집에 돌아와서 혼자 생각했다. 한밤중의 침대 속에서 천장을 올려다보며 생각했다.

나는 마미즈에게 무엇을 해줄 수 있을까?

마미즈가 이야기하는 죽기 전에 하고 싶은 일. 하지만 그게 정말 마미즈의 진정한 바람일까?

불현듯 그런 의문이 들었다.

소원을 하나하나 이루어줌으로써, 나는 왠지 마미즈의 마음이 점차 죽음으로 다가가는 느낌을 받았다.

내가 해온 일은 정말로 올바른 일일까?

잠 못 이루는 밤이었다. 시계를 보니 새벽 두 시가 넘었다. 자정 무렵에 잠자리에 들었으니, 벌써 두 시간이나 끙끙대며 생각을 거듭한 셈이다.

침대에서 빠져나와 아래층으로 내려갔다. 칠흑같이 어두운 부엌으로 들어가 더듬더듬 냉장고 문을 열었다. 안에서 새어 나오는 불빛이 눈부셨다. 배가 출출해 먹을 만한 게 없을까 싶어 부스럭부스럭 냉장고를 뒤졌다.

햄과 탄산수를 손끝으로 집어 들고 베란다로 나왔다. 여름밤을 지새우며 이름 모를 풀벌레가 울었다.

이런 시간에 깨어 있을 리 없겠거니 생각하며 나는 카

야마에게 전화를 걸었다.

—뭐야? 오카다냐, 별일이네.

"카야마, 너 왜 안 자는데? 얼른 자라."

나는 이유도 없이 우스워져 피식 웃었다.

—장난쳐? ……야, 너 지금 어디 있어?

"우리 집 베란다."

—2층?

"1층. 너 대체 뭘 걱정하는 건데?"

—1층이면 괜찮아. 술이라도 마시는 중이냐?

그 말에 문득 깨달았다. 이럴 때 사람들은 보통 술을 마시는 모양이다.

"미성년자라서 말이지."

—마셔본 적 없어?

"없지는 않아."

—취한 것도 아니면, 왜 이런 오밤중에 전화하고 난리야?

"야, 난 왜 못 자는 거냐?"

—내가 알 게 뭐야, 멍청아.

그렇게 말하며 카야마가 나를 비웃었다. 평소와 다름없는 카야마였다.

"저기, 카야마. 와타라세 마미즈, 상태가 안 좋아."

—그래서?

"만나러 가야 하지 않아?"

—……마음이 내키면.

"그러고 보니 카야마, 너 여자관계는 왜 정리하는 거냐?"

—글쎄, 왜일까. 허무해졌거든.

"네가 조금이라도 착실한 소리를 하면 뭔가 불안해진단 말이지. 진심으로 좋아하는 여자라도 생겼어?"

—사실은 첫사랑 상대에게 고백하고 싶어졌거든. 그 전에 신변 정리를 좀 할까 해서.

"농담이지?"

—농담이야.

그 말을 마지막으로 전화가 끊겼다. 카야마가 끊었는지 아니면 전파 상태가 나빠 먹통이 되었는지는 알 수 없었다. 그렇다고 다시 걸 정도는 못 되고 해서 그 대화는 그렇게 끝이 났다. 그리고 우두커니 선 채로 햄을 먹었다. 마요네즈가 없는 게 아쉬웠다.

베란다에서 집 안으로 들어와 불단 앞에 앉았다.

있잖아, 누나.

사랑하는 이가 죽었을 때는 자살하지 않으면 안 됩니다.

아직 그 비밀은 아무한테도 말 안 했어.

약속은 잘 지키고 있어.

바스락 희미하게 무언가 움직이는 소리가 났다. 돌아보

니 카메노스케도 잠이 안 오는지 수조에서 빠져나와 거실 바닥에서 달밤의 산책을 하고 있었다. 허둥지둥 잡아 와서 도로 수조에 집어넣었다.

카메노스케를 보고 있노라면 왠지 인간의 고민이란 전부 부질없는 것인지도 모른다는 생각이 들었다.

그 사실을 깨달았다고 해서 후련하게 잠들 수 있었느냐 하면 그렇지도 않았다. 방으로 돌아온 후에도 나는 좀처럼 잠들지 못했다.

"아……."

저절로 탄식이 흘러나왔다. 몇 번인가 나직하게 신음하며 나는 침대 속에서 몸을 뒤척였다. 두서없이 떠올랐다 사라져가는 생각들에 시달리며 나는 까무룩 잠이 들었다.

***

이튿날 학교에 가자 교실에 마미즈가 있었다. 내 옆자리에 마미즈가 있었다.

"안녕, 타쿠야."

나는 소스라치게 놀랐다.

"어, 어떻게 된 거야? 마미즈!"

"발광병, 완전히 좋아졌거든. 선생님도 기적적인 회복

이라고 하셨어."

듣고 보니 정말 마미즈의 안색은 눈에 띄게 좋아 보였다.

"자, 이것 봐."

마미즈는 그렇게 말하고 빙글 한 바퀴 돌더니 폴짝폴짝 뛰었다.

"지금은 하늘도 날 수 있을 것 같아."

"그렇구나. 다행이다."

마미즈가 건강해져서 정말 다행이라고 생각했다.

"이제부터는 함께 학교생활을 할 수 있겠구나. 잘 부탁해, 타쿠야."

나는 기뻤다. 세상에 이런 일도 다 있구나 싶었다. 기적이란 일어나는 법이었다.

우리는 함께 점심을 먹었다. 마미즈는 즐거운 듯 재미난 듯 웃었다.

"다음에 같이 어디 놀러 가자."

마미즈가 말했다. 나는 왠지 조금 두근거렸다.

"그거 데이트 신청이야?"

"바보."

그러자 마미즈는 쑥스러운 기색으로 웃었다. 우리는 주말에 갈 곳에 관해 이야기를 나누었다. 여기 가보자, 저기 가보자……. 상상은 끝없이 뻗어나갔다. 마미즈와 둘이 같이 간다면 어디를 가든 다 즐거울 것 같았다.

하지만…… 나는 알고 있었다. 점점 깨닫기 시작했다.

이토록 행복한 전개가 우리 앞에 펼쳐지는 일은 결코 없으리라는 사실을.

이런 일은 있을 수 없다. 이건 현실에서 일어나는 일이 아니다. 마미즈와 이야기하는 사이에 나는 그 사실을 깨달았다.

"왜 그래? 타쿠야."

마미즈가 의아한 기색으로 나를 보았다.

"왜 울어?"

이유는 알 수 없었지만, 걷잡을 수 없이 눈물이 쏟아졌다.

＊＊＊

그 순간 잠에서 깨어났다. 물론 전부 꿈이었다. 바깥은 어느새 날이 밝은 후였다. 몸에 힘이 하나도 없었다. 꼼짝도 할 수 없었다.

꿈에서뿐만 아니라 현실에서도 나는 울고 있었다.

깨어난 후에도 여전히 눈물은 그칠 줄 몰랐다.

마미즈는 언젠가 죽는다.

그때 나는 어떻게 할까.

그때까지 나는 어떻게 할까.

곰곰이 생각해보니 천체 관측은 병원에서도 가능하지 않나 싶었다. 문제는 마미즈가 입원한 병원의 면회 시간이 여덟 시까지라는 점이었다. 지금은 여름이라 여덟 시에는 아직도 하늘이 환해서 천체 관측을 하기에 적합한 시간대가 못 되었다.

그래서 나는 면회 시간이 끝난 병원에 몰래 숨어들기로 했다.

소등 시간이 지난 깊은 밤, 병원에는 당직 근무자들만 남았다. 나는 비상구를 이용해 안으로 들어간 다음, 발소리를 죽이고 비상계단을 올라가 마미즈의 병실로 향했다. 손에는 망원경을 든 채였다. 아주 본격적인 장비는 아니지만, 그래도 백화점에서 4만 엔 가까운 거금을 주고 산 물건이었다. 덕분에 아르바이트비는 거의 바닥이 나버렸지만, 그래도 마미즈가 기뻐하는 모습을 볼 수 있다고 생각하니 아까운 마음은 조금도 들지 않았다.

비상계단을 빠져나와 병동 복도를 살금살금 걸었다. 간호사에게 걸리면 게임 오버다. 하지만 걱정할 필요는 없었다. 신중하게 걸음을 옮겨 마미즈가 있는 다인실에 도착했다. 조심스럽게 마미즈의 침대로 다가가 흔들어 깨웠다. 그러자 마미즈가 화들짝 놀란 기색으로 눈을 휘둥그렇게 떴다.

"타쿠야, 왜 여기 있어?"

"쉿, 조용히 해. 우리 옥상으로 가자."

나는 숨을 죽이고 마미즈에게 속삭였다.

"옥상……?"

마미즈는 아직 잠이 덜 깬 눈치였지만, 내가 가져온 망원경을 보여주자 마침내 상황을 이해한 기색을 드러냈다.

"이렇게까지 안 해도 되는데. ……기다려봐, 지금 일어날 테니까."

마미즈가 천천히 일어섰다. 나는 마미즈를 부축하며 병원 옥상으로 향했다. 학교와 달리 이곳 옥상은 개방되어 있었다. 아마 빨래를 널어야 한다거나 하는 사정이 있어서겠지. 빨래걸이가 곳곳에 눈에 띄었다. 한쪽 구석에는 플라스틱 벤치가 있었다. 그 벤치에 마미즈를 앉혔다.

"나도 처음 써보는 거라서 말이야."

당연하지만 지금껏 천체 관측 따위 해본 적이 없었던 나는 캄캄한 어둠 속에서 눈을 찡그리고 설명서를 읽으며 마미즈 옆에 망원경을 세팅해나갔다.

"싫어!"

마미즈가 나직하게 비명 같은 소리를 내질렀다. 깜짝

놀라 그쪽을 돌아보았다.

그리고 숨을 헉 들이켰다.

이따금 나는 마미즈가 발광병 환자라는 사실을 깜빡할 때가 있었다. 이렇게 둘이 함께 있다 보면 마미즈가 아프다니 거짓말 아닌가 싶은 순간이 있었다. 하지만 그것은 의심의 여지없는 사실이었다.

마미즈의 몸이 흐릿하게, 은은하게 어렴풋한 빛을 발했다. 긴소매 환자복 사이로 드러난 맨살이 마치 형광색처럼 하얗게 빛났다. 발광병 특유의 증상이었다. 하늘을 바라보자, 맑은 밤하늘에 달이 휘영청 떠 있었다. 달빛을 쬐면 몸에서 빛이 난다. 그것이 마미즈가 앓고 있는 발광병의 특징이었다.

"창피하니까 보지 마."

마미즈가 애원하듯 말했다. 하지만 내게는 마미즈의 그 모습이 도저히 남에게 보여주기 부끄러운 광경처럼 느껴지지 않았다.

"미안."

나는 사과했다. 사과한 다음, 느낀 바를 솔직하게 털어놓았다.

"미안. 하지만 마미즈, 예뻐."

그 말은 사실이었다. 마미즈는 한밤의 옥상에서 마치

반딧불처럼 여리디여린 생명을 빛내고 있었다.

"방심했어. 같이 옥상 같은 데 올라오는 게 아니었는데."

마미즈는 왠지 내게 그 모습을 들켰다는 사실에 충격을 받은 눈치였다.

"타쿠야, 징그럽다고 생각했지?"

그런 생각은 해본 적도 없다는 사실을 어떻게 해야 마미즈에게 전할 수 있을까.

"꼭 괴물이나 요괴 같잖아."

마미즈는 발광병으로 빛나는 본인의 몸에 일종의 콤플렉스가 있는 눈치였다.

"마미즈는 마미즈야."

나는 간신히 그렇게만 대꾸하고 망원경 조정을 끝마쳤다. 렌즈에 눈을 대고 확인했다. 별이 선명하게 보였다. 초보자치고 이 정도면 성공적이지 않나 싶었다.

"오늘은 날씨가 좋아서 아주 예쁘게 보여."

나는 마미즈를 채근했다. 그러자 마미즈는 왠지 망설이는 느낌으로 머뭇머뭇 망원경을 들여다보았다.

"……와아, 정말이네."

마미즈는 망원경 속의 세상에 홀딱 빠져들었다. 그 반응은 마치 만화경을 처음 본 어린아이 같았다. 세상에 이렇게 예쁜 게 다 있단 말이야? 라는 신선한 놀라움으로 가득한 음성이었다. 그런 마미즈의 목소리를 들은 것만으로도 나는 충분히 만족했다.

"저기, 타쿠야. 여자 친구 있어?"

마미즈가 망원경에 시선을 고정한 채로 그렇게 물었다.

"있으면 이렇게 맨날 널 만나러 오지는 않겠지."

"하긴 그러네. 그럼 여자 친구는 없다 치고, 누구 좋아하는 사람도 없어?"

마미즈가 내 쪽으로 고개를 돌리고 진지한 표정으로 물었다.

"왠지 무서워서."

나는 마미즈와 시선을 마주하지 않고 말했다.

"사람을 좋아하게 되는 게?"

이어진 마미즈의 질문에 나는 선뜻 대답하지 못했다. 불현듯 메이코 누나의 얼굴이 떠올랐다. 그 음울한 망상을 떨쳐내듯 나는 가볍게 고개를 저었다.

"인기가 없거든."

대신 그런 식으로 적당히 얼버무렸다.

"그럴 리는 없다고 보는데."

그러자 갑자기 마미즈가 쓱 발을 내딛는가 싶더니, 매끄러운 동작으로 두세 걸음 다가와 내 팔을 살짝 잡았다. 그 행동거지에는 무언가 거부할 수 없는 분위기가 감돌았다.

"우리 예행연습 한번 해볼까? 타쿠야한테 여자 친구가 생기도록."

"그런 거 없어도 돼."

나는 쓴웃음을 짓다시피 하며 대꾸했다.

"내가 해보고 싶어서 그래. 부탁이야. 딱 5분이면 되니까, 응?"

그렇게 말한 마미즈는 나를 망원경 옆으로 끌고 갔다.

"그것도 죽기 전에 하고 싶은 일이야?"

마미즈는 그 질문에는 아무런 대답도 하지 않고, 대신 내 옆에 앉아 망원경을 들여다보라고 재촉했다.

순식간에 눈앞에 우주가 펼쳐졌다. 과학 실험에서 현미경을 들여다보았을 때처럼, 세계의 축척이 눈 깜짝할 사이에 바뀌며 작고 멀기만 하던 별이 속속들이 눈에 들어왔다. 내가 산 망원경인데도 불구하고 처음 보는 광경이었다.

마미즈를 만나지 않았다면 평생 단 한 번도 이런 식으로 밤하늘을 감상하는 일이 없었을지 모른다.

"뭔가 로맨틱한 대사 좀 해봐."

옆에 있는 마미즈의 목소리가 텔레파시처럼 날아들었다.

"뭐? 그런 거 못해."

"여름 밤, 천체 관측, 옆에는 매력적인 이성. 로맨틱한 분위기를 자아내는 요소가 이렇게나 많이 갖춰졌는데도?"

"보통 그런 소리를 자기 입으로 해?"

"……딱히 그러고 싶었던 건 아니야."

그런 소리를 해봤자 진심으로 난감하기만 할 따름이었다. 아무리 기억을 더듬어보아도 그럴싸한 말이라고는 전혀 떠오르지 않았다. 나는 사실 로맨스 영화도 거의 본 적이 없었다.

"영원히 너와 함께 있고 싶어……?"

고개를 돌려 마미즈의 얼굴을 보자, 어째 영 마음에 와닿지 않는다는 표정이었다.

"진심으로 너를 사랑해?"

"진심이라고는 털끝만큼도 안 담긴 말투로 이야기하지 마!"

"널 위해서라면 죽어도 좋아."

"저기, 할 마음이 있기는 해?"

"야, 너 너무 치사한 거 아냐?"

나는 참다못해 마미즈에게 한마디 했다.

"나한테만 시키고 넌 냉정하게 트집만 잡는 거, 불공평하다고 생각 안 해?"

그럼 어떡하라고? 라는 표정으로 마미즈가 고개를 갸웃했다.

"마미즈 너도 같이 아이디어를 내주면 의욕이 생길지도 모르지."

어디 할 수 있으면 한번 해보라는 심정이었다.

"……알았어."

그렇게 대답한 마미즈는 반 발짝 거리를 좁혀 바짝 달라붙듯 내 옆에 웅크리고 앉았다. 나는 약간 움찔했지만, 살짝 울컥한 상태였기에 몸을 빼지 않고 가만히 있었다.

"이 세상에 우리 둘뿐인 것 같아."

옥상 주위를 한 바퀴 둘러보며 마미즈가 말했다. 깊은 밤이라 인기척은 아무 데서도 느껴지지 않았다.

"만약 정말 그렇다면 뭘 하고 싶은데?"

"그럼 타쿠야 너랑 결혼하는 수밖에 없겠네."

"그 마지못해 한다는 뉘앙스는 뭔데?"

내 반론을 무시하듯 마미즈는 왠지 의미심장하게 웃었다.

"프러포즈 해봐."

어쩐지 친근하게, 넉살 좋게 웃으며 마미즈가 말했다.

"아플 때나 건강할 때나 슬플 때나 기쁠 때나 너를 사랑하고 도우며 진심을 다할게."

"나도 타쿠야 너를 영원히 사랑해."

마미즈가 나를 보았다. 나도 마미즈를 마주 보았다.

"농담이야."

확인하듯 마미즈가 말했다.

"재미있네."

나는 웃음기조차 없이 대꾸했다.

이윽고 마미즈는 밤하늘을 움켜쥐려는 듯 손을 뻗었다.

"있잖아, 저렇게 예쁜 별들한테도 수명이 있으려나?"

그 말투는 답을 아는 느낌이었다.

나는 망원경을 남쪽 하늘로 돌렸다. 수업 시간에 배우는 수준의 천문학 지식을 떠올리며, 그 별을 찾았다.

"붉게 빛나는 별은 수명이 끝나가는 거야. 유명한 게 전갈자리의 안타레스. 마지막에는 에너지를 다 쓰고 죽어."

망원경의 각도를 조정한 다음, 마미즈에게 넘겨주었다.

"그럼 언젠가 밤하늘의 별들이 전부 새빨갛게 변하는 날이 올까?"

한숨짓듯 마미즈가 말했다. 나는 그 광경을 눈앞에 그려보려고 했지만, 좀처럼 상상이 되지 않았다.

"별은 죽으면 어떻게 돼?"

"빛을 잃고 시체 같은 느낌으로 변해. 아니면 블랙홀이 되거나."

막대한 질량을 가진 별이 죽으면 중력이 붕괴되어 블랙홀이 된다. 그 어떤 물질도, 심지어는 빛조차도 빠져나오지 못하고 속수무책으로 끌려 들어갈 수밖에 없다. 블랙홀은 우주의 수많은 별들을 집어삼키며 성장하고 합체해서 거대해져간다.

“인간도 죽은 사람에게 끌려가는 경우가 있을까?”

나는 깜짝 놀라 마미즈를 돌아보았다.

“난 블랙홀은 되고 싶지 않은데.”

유난히 감상적인 말투로 마미즈가 중얼거렸다.

누구나 되고 싶지 않을 거라고 생각했지만, 입 밖으로 내지는 않았다.

안타레스는 육안으로도 또렷하게 보인다. 전갈자리의 심장. 그러고 보니 그 전갈은 죽은 후에 누군가의 행복을 위해 밤하늘을 비추는 별이 되기를 바랐다고 했던가.

사실은 나도 그런 식으로 죽고 싶지만.

“별이 모조리 시체나 블랙홀이 돼버리면 천체 관측을 해봤자 별로 재미가 없겠네.”

“그 전에 지구가 멸망하겠지.”

지구 최후의 날. 꼭 SF 같다.

“우주는 결국 어떻게 돼?”

“끝날걸, 아마도.”

옛날에 도서관에서 심심풀이로 읽은 책에 인생과 마찬가지로 우주도 끝난다는 내용이 있었다.

“그럼 이 세상이 존재하는 데는 대체 무슨 의미가 있는 걸까?"

"의미 따위는 없어. 그건 다 인간의 착각이야."

삶에는 의미가 없다.

그 어떤 것에도 아무런 의미가 없다. 엔트로피는 증가되어 우주는 열역학적 죽음을 맞이한다. 그렇게 만물이 사멸하고 나면 남는 것은 정적뿐. 그 무엇도 살아남지 못한다. 역사도 언어도 전부 사라져간다.

돌연한 폭발로 탄생한 우주가 식어가는 과정에서 우연히 생겨난 동물의 뇌. 그 속에 흐르는 의식이 의미를 찾아 헤매는 이 부질없는 행위 전체가 솔직히 말해서 내게는 고통이었다.

"그 대답의 어디가 로맨틱한데?"

마미즈는 약간 토라진 기색으로 입을 삐죽 내밀더니 다시 망원경으로 시선을 돌려버렸다.

그리고 우리는 침묵했다.

이렇게 말 없는 시간을 함께 보낸 것도 처음일지 모른다.

정적이 현실감을 마비시킬 때가 있다. 그때가 그랬다. 계속 별과 우주 이야기를 한 탓인지도 모른다. 세상을 보는 척도가 바뀌어 나 자신이 마치 미생물처럼 느껴졌다.

대화를 중단한 마미즈는 어쩐지 천체 관측에 정신이 팔린 기색이었다.

"예쁘구나…… 정말."

마미즈는 완전히 망원경 속 세상에 빠져든 눈치였다.

그 무방비한 뒷모습을 바라보며 나는 어떤 생각을 했다. 커튼 사이로 새어 나오는 빛처럼, 긴 머리카락 사이로 드러난 마미즈의 맨살이 하얗게 빛났다.

"마미즈, 나 너를 좋아해."

마미즈는 이쪽을 돌아보지 않았다. 마치 내가 아무런 말도 하지 않은 것처럼, 그 어떤 반응도 보이지 않고 굳어 있었다.

"5분은 벌써 지났어."

대답하는 마미즈의 목소리가 희미하게 떨렸다.

표정은 보이지 않았다. 마미즈가 무슨 생각을 하는지도 여전히 알 수 없었다.

"농담이 아니야."

나는 진지한 음성으로 말했다.

몇 초간 침묵이 흘렀다.

나는 기다렸다.

"미안해."

그 목소리에는 왠지 눈물이 섞여 있었다.

너와
로미오와
줄리엣

you are Juliet

1

우리 학교에서 1학년은 문화제 때 연극을 하게 되어 있었다. 무슨 작품을 할지는 이미 투표로 결정된 상태였다.

로미오와 줄리엣.

아무리 그래도 너무 상투적이지 않나 싶었다.

어쨌든 오늘은 그 배역을 정할 차례였다.

"그럼 우선 줄리엣 역할부터 정하도록 할게요. 가능하면 희망자를 받아서 거수로 결정하는 게 좋지 않을까 하는데요."

담임인 요시에 선생님이 말했다. 그 표정은 후련해서 카야마 문제에 얽매여 힘들어하는 느낌은 아니었다. 어쩌면 카야마는 선생님이 여름방학 기간 동안 감정을 정리할 수 있도록 일부러 그 타이밍을 노렸는지도 모른다.

주위를 둘러보았지만 다들 나서기를 꺼리는 눈치였다. 우리 학교는 나름 명문고라 고1 때부터 입시 학원에 다니는 애들도 많다 보니, 이런 활동에 참가하고 싶어 하는 사람은 적었다. 조연은 그나마 낫지만, 대사와 연습량이 많은 주연급은 기피 대상 1호다. 우리 반뿐만 아니라 모든 학급이 다 그런 분위기였다. 그래서 최종적으로는 선생님이 정해주는 경우도 있었다.

"아무도 없나 보군요……."

요시에 선생님이 그래도 혹시나 했다는 듯 유감스러운 목소리로 말했다.

나는 나직하게 심호흡을 한 다음, 각오를 굳게 다지고 과감하게 손을 들었다.

"제가 할게요."

그 순간 교실이 발칵 뒤집혔다. 거의 폭소라고 해도 무방할 만큼 모두들 정신없이 웃어댔다. 하지만 나는 결코 웃길 목적으로 자원한 게 아니었다.

"저기, 이건 줄리엣 역할이야. 오카다, 넌 남자잖니."

"예전부터 여장에 관심이 있었거든요."

내 대답에 또다시 교실 안에 웃음소리가 메아리쳤다.

"안 돼. 여학생 중에 누구 하고 싶은 사람 없어?"

가차 없이 퇴짜를 놓은 요시에 선생님이 다른 학생들을 독려했다. 그럼에도 손을 드는 사람은 없었다. 분위기상 아무도 줄리엣 역할을 원하지 않는다는 사실은 명백했다. 그때 누군가 입을 열었다.

"근데 남자가 하는 게 오히려 더 웃기지 않을까?"

그 말에 주위에서도 "하긴." "재밌겠네." "괜찮을 것 같은데?" 하고 동조하는 의견이 나오기 시작했다. 결과적으로 요시에 선생님도 한 발짝 물러서는 모양새가 되었다.

"으음…… 선생님은 반대지만 그래도 최종 결정은 너희들이 내리는 거니까. 자, 그럼 오카다가 줄리엣 역할을 하는 데 찬성하는 사람, 손 들어보세요."

하나둘 산발적으로 손이 올라왔고, 그 숫자는 서서히 늘어났다. 어림잡아 전체 학생의 3분의 2 이상은 손을 든 것처럼 보였다.

"그럼 일단 오카다가 맡는 걸로 해둘게요. 단, 나중에 다른 여학생이 입후보하면 그 애가 하는 걸로 하고. 다들 동의하죠?"

입후보자가 나올 리 없다고 생각했지만, 일단 요시에 선생님의 절충안에 따르는 것으로 결정 났다.

"이제 로미오 역할을 정할 차례인데, 그럼 이쪽은 여자로 할까?"

아마 농담으로 한 소리겠지. 약간 장난스러운 말투로 요시에 선생님이 물었다. 하지만 아무도 자진해서 나서지 않았다. 그러자 요시에 선생님이 난감한 표정으로 교실을 둘러보았다.

그때 카야마가 손을 들었다.

"그럼 제가 할게요."

"그, 그럴래? 그럼 카야마한테 부탁하기로 할까?"

요시에 선생님은 약간 놀란 표정을 지었지만, 이내 칠판에 카야마와 내 이름을 적어 넣었다.

로미오: 카야마 아키라

줄리엣: 오카다 타쿠야

거참 끔찍한 캐스팅인데. 칠판에 적힌 글씨를 바라보며 나는 새삼 생각했다.

"카야마, 너 아까 왜 손 들었어?"

학급 회의가 끝나고 나서 카야마에게 물어보았다.

"튀고 싶어서."

카야마는 태연하게 대꾸했다.

"난 또 철석같이 요시에 선생님이 곤란해하니까 그런 줄 알았지."

"넘겨짚지 마. 게다가 따지고 보면 나보다 네가 줄리엣을 맡은 게 더 이상하다고. 대체 뭔데? 네가 나보다 훨씬 깨거든?"

"……나한테도 다 사정이 있어."

하기야 나는 원래 학교 행사에 적극적으로 참여하는 타입은 아니다. 그러니 카야마의 반응도 충분히 이해는 갔다.

학급 회의 다음 시간인 6교시는 체육이었다.

체육 시간이면 특별한 일이 없는 한 카야마는 견학 처

리였다. 그날도 카야마는 코트 구석에서 농구 수업을 견학했다. 카야마와 같은 반이 된 다음부터는 체육 수업을 받을 때면 자꾸만 긴장하게 되었다. 그리고 그중에서도 특히 농구가 제일 긴장되었다.

패스가 날아왔다. 드리블을 할까 아니면 슛을 할까 망설였다. 그 순간 카야마의 모습이 언뜻 시야에 들어왔다. 그 바람에 나는 그만 상대 팀에게 볼을 빼앗기고 말았다.

"형편없구만, 줄리엣!"

카야마가 약간 열 받은 기색으로 나를 향해 소리쳤다. 주위에서 키득거리며 웃는 소리가 들려왔다.

황급히 뒤돌아보니 시합은 그 사이에도 막힘없이 진행되어, 우리 팀은 이미 허망하게 점수를 내준 뒤였다. 곧바로 수비에 가세하지 않은 내 탓인지도 모른다. 그렇게 생각하는 사이, 우리 편이 던져준 역습의 롱 패스가 날아왔다. 팀원의 목소리가 울려 퍼졌다.

"줄리엣 오카다!"

마치 인기 없는 개그맨의 예명[#4] 같았다. 나는 나직하게 한숨을 쉬고 점프해서 슛을 쏘았다.

볼은 포물선을 그리며 날아가 골대 안으로 들어갔다.

그 순간 나는 저도 모르게 헉하고 카야마를 돌아보았

#4 개그맨의 예명 일본 개그맨 예명 중에는 영어(팀명)+일본 이름 형태인 것이 많음. 대표적인 예가 개그맨 겸 영화감독인 기타노 다케시의 예명인 비트 다케시.

다. 눈이 마주쳤다.

"뭘 봐?"

카야마가 짜증스러운 기색으로 쏘아붙였다. 나는 아무 말도 하지 못하고 우두커니 서 있었다. 왜 방금 슛을 성공시키고 나서 카야마 쪽을 돌아보고 만 걸까. 그런 반응을 보인 것을 나는 조금 후회했다.

***

카야마는 예전에 농구 선수였다.

중학교 2학년 때의 어느 시기까지는 그랬다.

당시 우리는 같은 반이었다. 그리고 나는 그때 학급의 어느 일진 그룹에게 찍혀서 괴롭힘을 당하는 중이었다.

"뛰어내려, 오카다!"

일진이 외쳤다. 나는 교실 바깥의 베란다 난간을 잡고 서 있었다.

"얼른 죽어주면 우리야 좋지!"

시작은 괴롭힘을 당하던 다른 녀석을 감싼 것이었다. 나는 싸움도 못 하고 뭔가 승산이 있었던 것도 아니지만, 도시락 반찬을 머리에 뒤집어쓴 그 녀석을 본 순간 더는 참을 수가 없었다.

베란다에서 나는 내가 바보짓을 했나 하고 자조했다. 왜냐하면 처음 괴롭힘을 당하던 녀석도 나를 공격하는 패거리에 가담했기 때문이다. 영문을 알 수가 없었다. 언젠가 또다시 자신이 괴롭힘의 대상이 될지도 모른다는 두려움에서 벗어나고자 그런 선택을 한 것일까.

"죽어라! 죽어라!"

반 아이들 모두가 나에 대한 괴롭힘을 보고도 못 본 척한다는 인상을 받았다. 사실 당연한 대응이었다. 섣불리 제지하려고 들었다가는 본인이 다음 표적으로 낙인찍히고 만다는 사실을 내가 몸소 증명한 셈이었기 때문이다.

괴롭힘도 몇 가지 종류로 나뉘어 험담이나 못된 장난처럼 음험한 스타일도 있지만, 내가 당한 것은 주먹질과 발길질처럼 한층 직접적인 폭력이었다. 그런 폭력에 당시의 나는 왠지 모르게 지친 상태였다.

베란다에 서서 아래쪽 땅바닥을 바라보자, 불현듯 그 속으로 빨려 들어가는 느낌이 들었다. 그냥 죽어도 괜찮지 않을까 하는 생각이 들었다. 인생이란 뭔지 몰라도 성가신 일들이 너무 많다. 곰곰이 생각해보면 살면서 크게 즐거웠던 기억도 없었다.

"알았어."

나는 망설임 없이 대꾸하고 베란다 난간을 넘었다. 손

을 뒤로 돌려 난간을 잡은 채, 스니커 반 발짝 폭밖에 되지 않는 베란다 끄트머리에 발을 디디고 아래를 내려다보았다. 뒤돌아보자, 열린 창문을 통해 우리 반 애들도 무표정한 얼굴로 나를 쳐다보고 있었다. 쳐다보기만 할 뿐, 그 밖의 어떤 반응도 보이지 않았다. 역시 저런 인간들과 똑같아지지 않은 게, 그래서 지금 이런 상황에 처하게 된 게 차라리 다행이라고 생각했다.

다시 시선을 밑으로 떨구었다.

바람이 불어왔다.

1년 전에 죽은 누나를 떠올렸다.

죽는 것 따위 간단하다고 생각했다.

그런데도 다리가 떨렸다.

나는 좀처럼 결단을 내리지 못했다.

그때였다.

"야, 슬슬 수업 시작할 때 됐어."

베란다 문을 열고 카야마가 이쪽으로 다가왔다.

나는 깜짝 놀라 카야마를 돌아보았다.

"거참 시끄럽네. 좀 꺼지시지?"

일진들의 제지를 못 들은 척 무시하고 카야마가 내 쪽으로 다가왔다.

그때까지 카야마하고는 제대로 이야기를 나누어본 적

도 없었다. 내가 카야마에 관해 아는 것이라고는 기껏해야 농구부원이라는 사실 정도였다.

그럼에도 우리는 아예 인연이 없는 사이는 아니었다.

카야마 마사타카.

죽은 카야마의 형이 생전에 메이코 누나의 남자 친구였기 때문이다. 형제가 한때 연인이었다는 사실 때문에 우리는 본의 아니게 서로를 의식하는 입장이었다. 그래서 구체적으로 뭔가 깊은 이야기를 나눈 적은 없었지만, 자주 눈이 마주치고는 했다.

그래 봤자 우리의 관계는 고작 그 정도에 불과했다. 최소한 그때까지는.

"유치하다고, 너희들."

카야마가 또렷한 목소리로 내뱉었다. 그 말에 나는 진심으로 놀랐다. 그래도 동요를 숨기며 카야마에게 냉정한 음성으로 대꾸했다.

"참견하지 마."

그러자 카야마가 내 어깨에 살짝 손을 얹으며 입을 열었다.

"나도 끼워주라."

카야마는 훌쩍 난간을 뛰어넘어 내 옆에 섰다.

"미쳤어?"

일진이 소리쳤다.

"너희 같은 찌질이들보다 오카다가 백배는 용감해."

그렇게 선언하더니, 카야마가 난간에서 손을 쓱 뗐다.

그리고 그 손으로 박수를 치기 시작했다.

"그래 봤자 내가 더 용감하지만 말이야."

이윽고 카야마는 박수를 쳐서 박자를 맞추며, 폭이 반 발짝밖에 되지 않는 난간 밖에서 까치발로 춤추듯 스텝을 밟기 시작했다.

믿을 수가 없었다.

그 자리에 있던 전원이 어안이 벙벙해져 카야마를 바라보았다. 카야마가 뿜어내는 분위기에 다들 완전히 마음을 빼앗겼다.

카야마의 독무대였다.

카야마는 마치 죽음을 두려워하지 않는 것처럼 보였다. 화려하고 경쾌하게, 춤추듯 난간 밖을 노닐었다.

미쳤어.

돌았어.

제정신이 아니야. 그렇게 생각했다.

"어때?!"

자신만만하게 으스대는 얼굴로 카야마가 나를 돌아보았다.

그 순간, 카야마가 발을 헛디뎌 아래로 주륵 미끄러졌다.

이번에는 놀랄 틈도 없었다.

손을 뻗었지만 너무 늦었다.

넋 놓고 바라보는 사이, 카야마는 허공으로 추락했다.

이윽고 카야마는 가까스로 두 발로 땅에 착지했다. 착지한 것까지는 좋았지만, 이내 다리를 끌어안고 몸을 웅크렸다. 고통으로 일그러진 그 표정이 2층에서도 보였다. 아래쪽에서 비명이 터져 나왔다. "누가 구급차 좀 불러!" 부르짖는 소리가 들려왔다. 일진들은 당황한 기색으로 뿔뿔이 흩어져 어디론가 도망쳐버렸다.

베란다에는 나 혼자만 남았다.

온몸이 후들후들 떨렸다.

하지만 나는 저도 모르게 웃고 말았다.

왜냐하면 고통에 겨워 신음하던 카야마가 나를 보더니 엄지를 치켜세우고 씨익 웃어 보였기 때문이다.

뭘 또 쓸데없이 폼은 잡고 난리야.

그래도 솔직히 멋있다고 생각했다.

그렇게 만사가 다 잘 마무리되었으면 좋았으련만, 현실은 그 정도로 녹록치 않았다. 카야마의 다리는 복합골절이었다. 그 후 카야마는 재활에 힘쓴 결과 일상생활에는 지장이 없을 정도로 회복되었지만, 격렬한 운동은 삼가는 편이 좋겠다는 의사의 권고를 받았다고 했다.

"게다가……."

카야마는 훗날 덧붙이듯 내게 말했다.

"아마 이제는 운동을 하더라도 활약할 만한 상태는 못 될 테니까."

그렇게 카야마는 농구를 그만두었다. 키가 크고 운동신경도 뛰어났던 카야마는 농구부의 촉망받는 에이스였다고 들었다.

사실 그 일에 관해 내가 카야마에게 직접 뭔가 이야기한 적은 한 번도 없었다.

미안하다든가 고맙다든가 나 때문이라든가 하는 말은 한 번도 한 적이 없었다.

다만 왜 그렇게 어처구니없는 짓을 했느냐고 물어본 적은 있었다.

"왠지 오카다가 뛰어내리면 정말 죽어버릴 것 같은 느낌이 들었거든. 2층이라도 재수 없게 안 좋은 데를 다치면 죽잖아? 게다가 오카다, 어쩐지 죽고 싶어 하는 것처럼 보였으니까. 하지만 나라면 죽지 않을 것 같은 기분이 들었거든. 난 불사신이니까. 그런 짓이라도 하지 않으면 그 상황이 진정되지 않을 것 같더라고. 난 싸움은 잘 못하니까. 결과적으로 그 다음부터 집단 괴롭힘은 완전히 사라졌으니까 만사 오케이지 뭐."

그 설명을 듣고 나서도 카야마의 머릿속을 이해할 수는 없었다.

카야마는 이따금 상식적으로는 납득하기 힘든 언동을 보일 때가 있었다.

하지만 나는 그 후로 이러쿵저러쿵하면서도 카야마에게 소소한 경의를 표해왔고, 따라서 카야마는 나의 은인인 셈이었다.

* * *

점심시간에 복도를 걸어가다가 다른 반 여학생과 이야기 중인 카야마와 딱 마주쳤다. 못 본 척하고 그냥 지나치려 했으나, 그 애가 냅다 카야마의 따귀를 때렸다. 복도에 있던 다른 학생들이 무슨 일인가 하고 다들 그쪽을 돌아보았다.

"너 같은 건 죽어버렸으면 좋겠어."

그 말을 끝으로 그 여학생은 서둘러 복도를 빠져나갔다. 예쁜 사람이었다.

카야마는 어딘가 후련한 표정이었다. 나를 발견했는지 카야마가 미소 지었다. 이럴 때 어떻게 웃을 마음이 드는지 나로서는 도무지 이해할 수 없었다.

"잠깐 이리 좀 와봐."

카야마는 그렇게 말하고 복도 안쪽의 비상계단을 향해 걸어갔다. 하는 수 없이 나도 그 뒤를 따랐다.

비상계단의 층계참은 바람이 거셌다. 계단 턱에 걸터앉은 카야마가 하늘을 바라보는 자세로 중얼거렸다.

"이제야 드디어 다 끝났어."

"여자관계 정리?"

"그래. 으아, 힘들었다."

카야마는 아까 얻어맞은 뺨을 어루만지며 감개무량한 기색으로 말했다.

"근데 카야마, 갑자기 왜 그러는데?"

"으음…… 게임에 질렸거든. 생각해봐, 세상에 질리지 않는 게임은 없잖아?"

변함없이 이기적인 이유라는 생각이 들었다. 그런 변덕에 휘둘려야 하는 상대방에게는 대체 무슨 죄가 있단 말인가.

"오카다, 넌 인생을 새로 시작할 수 있다고 생각해?"

"아니."

나는 서슴없이 대꾸했다.

"꿈을 꿨거든."

카야마는 눈을 감고 무언가를 마음속에 그려보듯 말했다.

"형이 죽기 전으로 돌아가서, 인생을 처음부터 새로 시작하는 꿈을."

그리고 카야마는 뭔가 알아들을 수 없는 고함 소리와 함께 벌떡 일어섰다.

"와타라세 마미즈를 만나러 가려고 해."

그 말에 혹시 카야마는 그러려고 여자관계를 정리한 걸까 하는 생각이 뇌리를 스쳐 지나갔다. 그 사실이 의미하는 바에 생각이 미친 순간 깜짝 놀랐지만, 내 짐작이 맞는지 확인하기도 전에 카야마는 나를 그 자리에 남겨두고 떠나버렸다.

어쩐지 엄청나게 쇼크였다.

여름방학이 끝난 얼마 후, 마미즈는 다인실에서 1인실로 병실을 옮겼다. 그 결정은 지난번 검사 결과와 결코 무관하지 않은 눈치였다. 마미즈는 조금씩 야위어갔고, 안색도 눈에 띄게 나빠졌다.

지난번 내 고백에 돌아온 '미안해'라는 대답. 그 의미를 마미즈는 가르쳐주지 않았고, 나도 굳이 캐묻지 않았다. 따로 물어보거나 설명을 듣지 않아도 어쩐지 알 것 같은 느낌이 들었을 뿐만 아니라, 그 느낌을 말로 표현하기는 터무니없이 어려운 일처럼 느껴졌기 때문이다.

"오늘 나 또 시한부 선고 받았어."

요즘 들어 마미즈는 몸 상태가 별로 좋지 않은 눈치였다. 그런 분위기가 피부로 느껴졌다.

"돌팔이라며. 어차피 이번에도 빗나갈 거야."

나는 일종의 희망을 담아 말했다.

"그럴까? ……글쎄, 어떠려나?"

대답하는 마미즈의 목소리에는 약간 불안한 기색이 어른거렸다. 처음 만났을 무렵하고는 다른 표정이었다.

"이번에는 몇 개월인지 궁금해?"

"안 궁금해."

솔직한 심정이었다. 안다 한들 뭔가 해줄 수 있는 것도 아니다. 내 문제라면 알고 싶었을지도 모르지만, 마미즈 이야기라면 듣고 싶지 않았다. 어쩌면 나는 스스로 생각했던 것보다 마음 약한 인간인지도 모른다. 살짝 쓴웃음이 나려 했다.

"줄리엣 역할, 따냈어."

그래, 그랬다. 내게도 유일하게 할 수 있는 일이 있었다. 마미즈가 죽기 전에 하고 싶은 일을 하나씩 대행해서 그 리스트를 지워나가는 것.

"진짜? 말이라도 꺼내보길 잘했네!"

그것은 물론 마미즈의 부탁이었다. 문화제 공연작이 로미오와 줄리엣이라고 하자, 마미즈가 하고 싶다고 나섰던 것이다. 그리고 나는 마미즈가 뭔가 덧붙이기도 전에 두말없이 그 요청을 수락했다.

"그럼 다음번 죽기 전에 하고 싶은 일 말인데……."

그렇게 운을 떼며 마미즈가 앞에 있던 책을 내 쪽으로 내밀었다.

"내가 좋아하는 소설가의 묘소에 다녀와 줬으면 해."

건네받은 책의 표지를 살펴보았다. 작가는 시즈사와 소우, 책 제목은『한 줄기 빛』이었다. 책장을 넘겨보니 무척 예스러운 내용으로, 그야말로 옛날 문학 작품이라는 느낌이 물씬 났다. 마미즈가 항상 옆에 끼고 사는 바로 그 책이었다.

"제일 좋아하는 작가야. 꼭 그 묘소에 다녀오고 싶었는데……."

"알았어."

아마 인터넷으로 검색해보면 그 정도 정보는 나오겠지. 어디 있는지는 모르지만, 일단 무작정 승낙하기로 마음먹었다.

"타쿠야, 매번 정말 고마워."

마미즈가 예의 바르게 내게 감사를 표했다.

"뭐야, 사람 불안하게."

그런 말을 들어도 전혀 기쁘지 않았다.

"꼭 내일이라도 죽을 사람처럼."

나는 너스레를 떨었다. 말해놓고 바로 아차 싶었다. 마미즈의 표정이 확 바뀌었기 때문이다.

"괜찮아. 걱정하지 않아도 돼."

마치 어린아이를 달래는 말투였다. 뭐가 괜찮다는 건지 도무지 알 수 없었다.

2

시즈사와 소우는 2차 대전 전의 사소설가(私小說家)다. 대중적인 인지도는 그리 높지 않지만, 확고한 팬 층을 거느린 작가로 알려져 있다.

대표작인 『한 줄기 빛』은 전형적인 새너토리엄(sanatorium) 문학으로 분류된다. 새너토리엄 문학이란 요양소에 입원한 환자의 생활상을 담아낸 작품을 가리킨다. 그리고 『한 줄기 빛』은 발광병에 걸린 주인공의 삶을 그린다. 시즈사와 소우는 사소설가이며, 사소설이란 기본적으로 작가 자신의 실제 경험을 별다른 각색 없이 담아내는 장르이다. 실제로 시즈사와 소우 본인도 발광병 환자로 20대에 생을 마감했다고 들었다.

그렇게 인터넷에 나오는 설명만으로는 이미지를 파악하기 어려웠으므로, 실제로 마미즈에게서 책을 빌려다가 읽어보기로 했다.

쉬는 시간에 자리에 앉아서 『한 줄기 빛』을 읽고 있자니, 카야마가 불쑥 말을 걸어왔다.

"야, 너 그거 뭐냐?"

"아, 그냥 좀……."

옛날 소설이라 문체나 비유도 올드해서 좀처럼 진도가 나가지 않았다. 마이너한 작품이기도 하니 솔직히 마미즈가 즐겨 읽지 않았더라면 평생 들여다볼 일이 없었을 테지.

"그거, 와타라세 마미즈가 좋아하는 책인데."

가슴이 철렁했다.

카야마는 뭔가를 눈치챈 걸까.

"아, 그래?"

나는 시치미를 뚝 뗐다. 그러면서도 이건 너무 뻔뻔스럽게 잡아떼는 것 아닌가 하는 생각이 들었다.

"그거, 사실은 나도 좋아해."

뜻밖의 정보였다. 아니, 뜻밖이라기보다도 그것이 우연의 일치라고는 도저히 생각되지 않았다. 유명한 소설이라면 그나마 이해가 간다. 하지만 이런 이름 없는 작품을 카야마도 좋아한다니, 절대 우연일 리 없었다.

"난 아직 읽는 중이니까, 스포하지 마."

"끝에서 죽어."

말이 끝나기가 무섭게 카야마가 스포일러를 했다. 하지만 아무리 그래도 그 정도는 예상했으므로 화낼 마음도 나지 않았다.

『한 줄기 빛』은 그리 긴 작품이 아니다. 2백 페이지가 채 못 되는 분량이라 하루 만에 다 읽었다. 솔직히 말해서 특별히 재미있지는 않았다. 물론 재미있는 부분도 있었지만, 이 작품은 지나치게 희망이 없다는 느낌이었다. 발광병에 걸려 죽을 날을 받아놓은 소설가가 자기 삶의 끝을 예감하며 그 최후를 그려낸 작품이기 때문일까. 음울해서 저절로 기분이 가라앉았다.

이튿날은 사회과목 현장 학습이 있었다. 우리 반은 민속 박물관을 가게 되었다. 민속 박물관이라. 왠지 이미지가 잡힐 듯 말듯 했다. 뭘 전시해놓았을까? 토기 같은 것들? 아니면 불곰?

오전 아홉 시 현장 집합으로, 지정된 대기 장소는 박물관 근처 전철역 개찰구 앞이었다. 조금 일찍 갔더니 더 일찍 와서 기다리던 카야마와 딱 마주쳤다. 다른 학생들의 모습은 아직 거의 눈에 띄지 않았다.

"야, 땡땡이 안 칠래?"

카야마가 불쑥 물었다. 카야마는 가끔 돌발적으로 이런 말을 꺼낼 때가 있었다.

"저기, 카야마. 나 사실 가고 싶은 데가 있는데."

나도 향토 민족사에는 별로 흥미가 없었기에 그 제안에 응하기로 마음먹었다.

"시즈사와 소우의 묘에 가고 싶어."

내 말에 카야마는 약간 당황한 기색을 드러냈지만, 곧 평정을 되찾고 "그럼 갈까?"라고 대답했다.

"우리 조퇴한다."

카야마가 우리 반 애에게 그렇게 통보하자, 상대방이 의아한 표정을 지었다. 우리는 개찰구를 통과해 전철을 탔다. 인터넷으로 검색해본 결과, 시즈사와 소우의 무덤은 현 외곽의 산속에 있다고 했다. 전철로는 약 한 시간 반 거리지만, 내린 다음에는 산길을 걸어야 했다.

"카야마, 너 산 올라갈 수 있겠어?"

나는 카야마의 다리 상태가 걱정되어 물었다.

"뭐 어떻게든 되겠지. 정 안 되면 오카다가 업어줄 테고."

진담인지 농담인지 헷갈리는 말투로 카야마가 대답했다.

그 말을 끝으로 대화가 끊겼다.

혼잡한 출근 시간대를 벗어난 전철 안은 승객도 많지

않고 조용했다.

곰곰이 생각해보니 우리 둘이서 어딘가 멀리 가보기는 이번이 처음이었다. 우리에게는 딱히 공통된 취미라든가 화젯거리 같은 것도 없었다. 가는 길에 활발한 대화가 오갈 거라는 생각은 들지 않았다.

"와타라세 마미즈 말인데."

맞다, 그랬다. 마미즈야말로 우리의 유일한 공통 화제였다.

"나 걔를 좋아했어."

카야마가 나직하게 말했다.

"알아."

나는 왠지 모르게 솔직하게 대답했다.

"그렇겠지."

카야마도 솔직하게 대꾸했다.

그리고 카야마는 마미즈를 좋아하게 된 사연을 내게 들려주었다.

카야마가 마미즈를 처음 만난 것은 중학교 입학 시험장에서였다.

우리 학교는 사립 중고 일관교로 입시 경쟁도 꽤 치열한 편이다. 그날 카야마는 독감에 걸려 열이 펄펄 끓었다고 한다. 시험 당일의 고열. 카야마는 신경이 바짝 곤두선 상태로나마 가까스로 시험에 임했다. 하지만 의식은 몽롱했고, 다리도 후들거렸다. 더불어 구역질도 심했다. 시험 보는 도중에는 간신히 참았지만, 쉬는 시간에는 견디다 못해 화장실로 뛰어 들어가 전부 게워내고 말았다고 했다.

고사장인 교실로 돌아왔을 때, 카야마는 이미 이래저래 한계였다. 다리가 꼬이는 바람에 그만 바닥에 털썩 쓰러지고 말았다. 그때 허둥지둥 달려와 준 사람이 바로 마미즈였다.

"괜찮아?"

말을 거는 마미즈가 천사로 보였다고 카야마는 회상했다.

"보건실 가자. 같이 가줄게."

친절하게 제안한 마미즈에게 카야마는 대답했다.

"아냐, 됐어. 이 시험, 꼭 치르고 싶거든."

"그럼…… 힘내자. 같이 합격해서, 반드시 입학식에서 보는 거야. 알았지?"

그냥 '부디'나 '볼 수 있으면 좋겠다'가 아니라 '반드시'라는 표현을 쓴 마미즈의 그 강한 한마디가 카야마의 가슴을 울렸다고 했다. 그리고 그 약속을 버팀목 삼아, 카야마는 최선을 다해 입시를 치렀다.

그때 카야마는 나도 저 아이처럼 남이 곤경에 처했을 때

도움을 줄 수 있는 사람이 되고 싶다고 생각했다고 한다.

중학교 입학식장에서 카야마는 마미즈의 모습을 발견했다. 하지만 반이 달랐다. 그들에게는 접점이 없었다. 그 후로도 카야마는 줄곧 마미즈가 신경 쓰였다.

어렵사리 용기를 내어 말을 걸어보려 했지만, 그러는 사이 마미즈는 결석하는 일이 잦아졌다. 원인 불명의 건강 악화라는 소문만이 들려올 뿐이었다. 마지막으로 등교한 날, 마미즈는 혼자 도서실에서 시즈사와 소우의 『한 줄기 빛』을 읽고 있었다. 책속 세상에 푹 빠져든 모양인지 카야마의 시선은 눈치채지 못했다. 그 광경을 먼발치에서 지켜본 것이 카야마가 기억하는 마미즈의 마지막 모습이었다.

그 뒤로 카야마는 마미즈가 등교하기만을 손꼽아 기다렸으나, 그런 날은 끝끝내 오지 않았다.

고등학교 첫 학급 회의에서 누군가 와타라세 마미즈의 병문안을 가야 한다는 말이 나왔을 때, 기회라고 생각했다. 하지만 막상 와타라세 마미즈를 만나러 가려고 하니, 그때의 자신이 너무 난잡한 인간처럼 느껴졌다. 그래서 나를 대타로 보내 상황을 살피도록 했다.

언젠가 자신이 만나러 갈 때에 대비해서 내가 접점을 만들어주기를 바랐다.

카야마는 그렇게 고백했다.

시즈사와 소우의 묘는 상당히 외진 곳에 있었다. 그 특이한 위치 선정은 어쩌면 작품 속 등장인물처럼 사람을 싫어하고 까칠했다는 작가 생전의 괴팍한 성격이 반영된 결과인지도 몰랐다.

“꽤 힘드네.”

카야마의 이마에서 땀이 배어 나왔다. 나는 카야마의 몸 상태가 조금 걱정되었지만, 그렇다고 그냥 내려가자는 말은 할 수 없었다. 우리는 별말 없이 묵묵히 걸음을 재촉했다.

그리하여 마침내 시즈사와 소우의 묘에 도착했다.

“뭔가…… 제대로 찾아온 거 맞지? 쓸쓸한 무덤인데.”

카야마가 불쑥 입을 열었다. 무덤이란 다 그런 법인지도 모르지만, 그래도 확실히 카야마의 지적처럼 그 광경은 무척 쓸쓸했다. 일반적인 묘지와는 달라서 그 밖에 다른 무덤은 없었다. 오로지 작은 묘비 하나만이 덩그러니 서 있을 따름이었다. 그마저도 곰팡이와 이끼로 뒤덮인 데다 풍화된 흔적이 역력했다. 조문객이 다녀간 기색도 없었다. 소설가로 어느 정도 성공을 거둔 사람의 무덤이라고는 믿기 어려운 수준이었다. 세상을 떠났을 때, 시즈사와 소우에게는 일가친척이 없었다고 했다.

특징이라면 묘비에 그의 이름이 적혀 있지 않다는 점이었다. 필명도 본명도 쓰여 있지 않다. 그 대신 오로지 한 글자만을 새겨놓았다.

무(無).

그것이 시즈사와 소우의 묘비명이었다. 물론 사전에 인터넷으로 찾아보고 갔기에 이미 알고 있던 사실이었고 이것이 시즈사와 소우의 묘임은 틀림없었지만, 실물을 보고 나니 새삼 꽤나 별난 무덤이라는 생각이 들었다.

"무라니, 이상한 무덤이네."

카야마가 느낀 바를 솔직히 털어놓았다. 이 기묘한 무덤은 시즈사와 소우 본인의 유언에 따라 만들어졌다. 생전에 그 의미를 물어보자 그는 딱 한마디, "그게 내 인생관이다."라고만 대답했다고 한다. 그런 내용이 인터넷에 나와 있었다.

확실히 인간은 죽으면 무로 돌아간다. 천국에 갈 수 있는 것도 아닐뿐더러, 아무 데도 가지 못한다. 죽은 후에는 아무것도 남지 않는다.

그것이 진실이겠지.

나는 휴대폰을 꺼내 마미즈에게 보여줄 사진을 몇 장 찍었다.

그리고 우리는 왔던 길을 따라 하산했다.

"……나 와타라세 마미즈한테 고백할 거야."

집으로 돌아가는 전철 안에서 카야마는 진지한 목소리로 말했다.

나도 와타라세 마미즈를 좋아해. 그래서 고백했어. 하지만 차였어.

별것도 아닌 이야기이건만, 나는 카야마에게 사실대로 털어놓지 못했다.

그 대신 다음에 같이 마미즈를 만나러 가자고 카야마에게 제안했다.

3

며칠 후 병실로 찾아가자, 마미즈는 지난번에 가져다준 뜨개질거리와 씨름하는 중이었다.

"오늘은 손님을 한 명 데려왔어."

내 말에 마미즈가 뜨개질을 하다 말고 미심쩍은 표정을 지었다.

"손님? 누군데?"

내 뒤를 따라 카야마가 병실로 들어왔다. 카야마는 긴장한 기색이 역력해서, 옆에서 보는 내 눈에도 티가 날 정도였다.

“나 기억해?”

“으음…… 아, 기억났어! 예전에 입학시험 날 만난 사람 맞지?”

깜짝 놀란 기색으로 마미즈가 되물었다.

“기억해줘서 고마워. 이름은 카야마 아키라라고 해.”

“응, 그럼 아키라라고 부를게.”

통성명을 마친 카야마가 나를 돌아보더니, 겸연쩍은 기색으로 입을 열었다.

“저기, 오카다. 혹시 괜찮으면 잠깐 자리 좀 비켜주지 않을래?”

“그래…… 알았어.”

나는 순순히 마미즈의 병실을 빠져나왔다. 그리고 복도 벤치에 앉아 무료하게 천장을 올려다보았다. 아직 낮 시간인 병원 복도를 간호사들이 분주하게 오갔다.

카야마는 십중팔구 마미즈에게 고백하는 중이겠지. 그런 생각이 들었다.

물론 내게 카야마를 막을 자격은 없다.

그런데도 내심 왠지 초조하고 복잡한 기분이 들었다.

이 느낌은 뭘까? 질투? 내 안의 추악한 감정에 저절로 쓴웃음이 나려 했다.

뒤이어 마미즈가 이야기한 '미안해'의 의미를 곱씹어 보았다. 나는 이미 차였다. 차여놓고도 여전히 마미즈가 좋다니, 정말이지 구제불능이구나 싶었다.

시계를 보니 병실에서 나온 지 아직 5분밖에 지나지 않았다.

기다리는 시간은 참 더디게 간다고 느꼈다. 시간의 흐름은 평등하지 않아서, 같은 5분인데도 길어졌다 짧아졌다 한다. 나에게 마미즈와 함께 보내는 시간은 항상 짧게만 느껴졌다. 귀중한 시간은 짧아지고, 무의미한 시간은 길어진다. 어째서 반대가 아닐까 하는 생각이 들었다.

눈을 감고 고개를 뒤로 젖혔다. 어쩐지 가슴이 두근거렸다. 내가 긴장해서 어쩌자는 거냐는 생각이 들었다.

그때 병실 문이 난폭하게 열리는 소리가 났다. 돌아보니 카야마였다.

"저기, 카야마……."

멍청한 짓을 했다고, 매번 입을 열고 나서야 후회에 사로잡힌다. 아무리 봐도 말을 걸어도 될 분위기가 아니었기 때문이다.

카야마는 핏기 없이 창백한 얼굴로 잠자코 나를 마주보았다. 공허하고 무표정한 얼굴이었다. 망연자실이라는 말이 떠올랐다. 마치 카야마가 아닌 딴사람 같았다. 저렇게 허탈한 표정을 한 카야마는 처음 보는 느낌이었다.

"……."

한참이 흘렀는데도 카야마는 여전히 말이 없었다.

나는 혼란에 빠져 그저 멍하니 카야마를 쳐다보았다.

"분해."

마침내 쥐어짜듯 그렇게 내뱉은 카야마의 목소리는 무표정한 얼굴과는 달리 감정적이었다.

그 말을 끝으로 카야마는 병실과 거리를 두려는 듯 성큼성큼 복도를 가로질러 사라져버렸다.

망설였다.

카야마를 따라가야 하나 싶었지만, 역시 혼자 있게 내버려 두는 편이 낫겠다고 마음을 고쳐먹었다.

그래서 나는 마미즈의 병실로 들어갔다.

마미즈는 껄끄러운 기색으로 고개를 떨군 채 한숨을 쉬었다. 침묵이 흘렀다.

"요즘 날씨가 덥더라."

나는 무난한 화제를 꺼내며 마미즈 쪽으로 다가갔다.

"아키라, 날 좋아한대."

마미즈가 약간 얼빠진 목소리로 중얼거렸다.

"그래?"

나는 가볍게 응수했다. 내가 고백했을 때처럼, 이번에

도 마미즈는 '미안해'라고 딱 한마디로 거절했을까.

"그래서 뭐라고 했는데?"

"미안해."

역시 그랬구나. 그렇게 생각한 순간, 마미즈가 다시 입을 열었다.

"좋아하는 사람이 있어, 라고 했어."

말을 끝맺은 마미즈는 어쩐지 맥없고 처연한 표정으로 나를 바라보았다.

"그, 그래? 그랬구나."

뭔가 충격이었다. 아니, 상당히 충격이었다. 그런 이야기는 처음 들었다.

대체 누구지?

언제 어디서 만난 거지?

낭패감이 들었다.

하지만 물어볼 수는 없었다.

"이것 봐, 요전에 시즈사와 소우의 묘에 갔다 왔어."

나는 그렇게 말하며 화제를 바꾸어 일전에 찍은 사진을 휴대폰에 띄우고 마미즈에게 보여주었다.

"우와, 진짜 『무』라고 쓰여 있네."

마미즈도 평소와 다름없는 분위기로 돌아와서 흥미진진한 기색으로 내 휴대폰을 들여다보며 물었다.

"나도 내 무덤에 『무』라고 써달라고 할까?"

"난 뭔가 다른 게 좋겠어."

"어떤 거?"

"노이로제는 어때?"

"심하다."

마미즈가 대꾸하더니 쿡쿡 웃었다. 나도 덩달아 웃었다.

"또 뭐 없어?"

"뭐가?"

"그거, 하고 싶은 일."

"으음, 글쎄…… 아, 그럼 나 담배 피워보고 싶어. 이럴 때 남들은 담배도 피우고 그런다며?"

이럴 때라니 대체 어떨 때 말인데? 나는 기겁해서 대꾸했다.

"야, 그건 안 돼. 마미즈 넌 환자잖아. 담배라니, 그런 건 절대……."

"그러니까 실행하는 사람은 내가 아니라니까? 피우는 사람은 타쿠야 너지. 우리가 쭉 지켜온 규칙, 잊어버렸어?"

그리고 마미즈는 장난스럽게 웃었다.

요즘 들어 나는 꽤 바빴다.

문화제를 앞두고 연극 연습이 시작되었다. 일주일에 세

번 학교에서, 가끔은 공원 같은 곳에 모여서 이런저런 연습을 했다. 메이드 카페 아르바이트도 빠지기 일쑤였다. 히로인이 남자인 시점에서 거의 코미디나 다름없는데 이렇게 열심히 연습할 필요가 있나 싶을 때도 있었지만, 그래도 나는 꼬박꼬박 연습에 참여했다. 그 이유는 오직 줄리엣으로서의 경험담을 마미즈에게 들려주기 위해서였다.

그날은 사정상 교실을 쓸 수 없어 근처 공원에서 연습하게 되었다. 9월이라지만 아직 더위가 기승을 부리는 찜통 같은 공원에서 사람 살리라는 심정으로 연기를 거듭했다.

그날 연습한 부분은 누구나 아는 그 유명한 마지막 장면이었다. 로미오와 줄리엣은 서로 사랑하는 사이지만, 두 집안이 앙숙이라 맺어지지 못한다. 그러다 강제로 다른 남자에게 시집갈 처지가 된 줄리엣은 위기를 모면하고자 가사 상태에 빠지는 약을 먹는다. 죽은 듯 깊은 잠에 빠져든다는 그 약을 먹고 죽음을 가장하여 결혼 약속을 백지화할 심산이었다. 그런 다음 깨어나서 로미오와 둘이서 몰래 도망치면 된다고 생각했다. 그러나 그 계획은 로미오에게 제대로 전달되지 못하고, 잠든 줄리엣을 보고 죽은 것으로 오해한 로미오는 급기야 자살을 선택하고 만다. 그 후 잠에서 깨어난 줄리엣은 로미오가 죽었음을 알고 절망에 사로잡혀 자신도 목숨을 끊는다. 끝. 아아, 이 얼마나 잔인한 엇갈림이란 말인가.

"아아, 줄리엣. 어째서 죽어버린 거지요?"

로미오 역의 카야마가 심드렁한 목소리로 말했다. 하기야 이런 대사에 감정을 담는 것은 분명 쉬운 일이 아니다.

카야마와 나는 그 사건 이후로 왠지 모를 거북함에 암묵적으로 대화를 피해왔다.

"나도 죽어서 줄리엣, 그대 뒤를 따르리다."

독약을 먹고 먼저 로미오가 죽는다.

"로미오! 아아, 어째서 죽어버린 건가요!"

그 후 내가 연기하는 줄리엣이 단검으로 자기 가슴을 찌른다. 그리고 두 사람 모두 죽는다. 슬픈 배드엔딩. 순서상으로는 그러했다.

"진지함이 부족해."

연기 지도를 맡은 연극부 소속 여학생이 못마땅한 얼굴로 평가했다. 이따위 연극에 진지해져서야 쓰겠느냐고 내심 생각하며, 좀 쉬었다 하자고 소리쳤다.

"30분간 쉬겠습니다!"

현장 분위기가 느슨해졌다. 오늘 연습에 참석한 사람은 나를 포함한 주연급 배우 여섯 명에 연기 지도 담당자 등 도우미 세 명을 합쳐 총 아홉 명이었다. 다른 학생들은 지금쯤 제각기 입시 공부에 열을 올리거나 아니면 노닥대고 있을 테지.

어느 쪽이든 거의 대부분이 에어컨 바람의 영향권에 있을 것임은 분명했다.

그렇게 생각하자 다소 약이 올랐다. 그래서 나는 기척을 죽이고 슬금슬금 공원을 벗어나 인근 흡연 구역으로 향했다. 그리고 호주머니에 넣어두었던 담배를 꺼내 불을 붙였다.

"거참 무방비하네."

어이없다는 기색으로 중얼거리는 카야마의 목소리가 들려왔다. 돌아보니 어느새 카야마가 내 뒤에 서 있었다.

"뭐야, 왜 사람 뒤를 밟아?"

"담배를 피우다니, 정학감인데?"

"불만이면 찌르던가."

담배 연기를 들이마셨다가 천천히 내뱉었다. 솔직히 말해서 아직 적응이 되지 않았다. 그래서 폐부까지 빨아들이지 않고 살짝 머금기만 했다가 도로 내뿜는, 이른바 겉담배를 피웠다.

"줘봐."

그렇게 말하며 내가 입에 문 담배를 낚아채 간 카야마가 느긋하게 연기를 빨아들였다.

"이렇게 피우는 거야."

야외 흡연 구역은 한산했다. 날이 이렇게 더우니 당연한 일이다. 약간 통통한 체형의 회사원이 손수건으로 땀을 닦으며 담배를 피우고 있었다.

"카야마, 너 담배 피워?"

"옛날에 피웠어. 지금은 끊었지만. ……그게, 시즈사와 소우가 애연가였거든. 동경해서, 중학생 때."

아하, 그랬군. 그래서 마미즈도 관심을 가진 거였나. 나는 납득했다. 그러고 보면 『한 줄기 빛』에도 발광병에 걸려서 살날이 얼마 남지 않은 몸인데도 뻐끔뻐끔 담배를 태우는 남자가 나왔더랬지.

"카야마 마사타카 말인데."

마사타카란 카야마의 형을 말한다. 그 이름을 여태껏 기억하는 까닭은 물론 그가 죽었기 때문이다. 죽어서 특별해졌기 때문이다.

"우리 형이기는 하지만, 그 인간 상당히 똑똑했어. 운동도 잘하고. 뭔가 영 거슬렸단 말이지. 그래서…… 난 사실 싫어했었어, 죽기 전까지. 그런데 막상 죽고 나니까 추억이 미화되어서 말이야. 사실은 엄청나게 괜찮은 사람이었던 게 아닌가 하고 가끔 착각에 빠질 것 같을 때가 있어. 넌 안 그래?"

카야마가 내 앞에서 이렇게 직접적으로 자기 형에 관해

언급한 것은 처음 아닌가 싶었다.

"있잖아. 우리 형하고 너희 누나, 사귈 때 둘이서 무슨 이야기를 했을까?"

"상상도 안 가는데."

그러고 보면 메이코 누나에게서 남자 친구 이야기를 들은 적도 거의 없었던 것 같다.

"우리 이야기도 했으려나?"

"글쎄, 모르지. 카야마 넌 여자하고 어떤 이야기를 하는데?"

"아, 그래. 네 이야기는 가끔 했지."

그 말에 어쩐지 찝찝한 느낌이 들었다.

"어차피 험담일 거 아냐?"

"그야 그렇지. 이상한 놈이 있다, 뭐 그런 거?"

카야마는 부정하지 않고 웃음으로 얼버무렸다.

"야, 마미즈가 좋아하는 남자라는 거, 너냐?"

카야마가 불쑥 내뱉듯 물었다. 통통한 회사원이 놀란 기색으로 우리를 돌아보았다. 뭐지? 청춘이구만, 좋을 때다 같은 생각이라도 한 건가?

"설마."

"네가 둔감한 건 아니고?"

"모르는 소리 하지 마."

"기분 더럽거든?"

카야마치고는 드물게 거친 말투였다.

"확실히 해, 오카다."

그렇게 말한들 대체 뭘 확실히 하라는 소리인지 알 수가 없었다.

"카야마, 넌 늘 의미심장한 소리만 하더라. 그냥 좀 평범하게 이야기할 수 없어?"

무심결에 진심으로 되받아치고 말았다.

"와타라세 마미즈, 널 좋아하는 거 아냐?"

아무것도 모르는 카야마는 그렇게 번지수가 틀린 소리를 해서 자꾸만 내 속을 긁었다.

나는 카야마에게서 담배를 도로 빼앗아와 한 모금 빨고는 불을 껐다. 그리고 토해낸 연기가 허공으로 올라가는 모습을 멍하니 바라보았다. 불현듯 『한 줄기 빛』의 결말 부분이 떠올랐다.

주인공 남자는 발광병 환자였다. 그리고 자신이 언제 죽을지도 알고 있었다. 어느 날 요양소에서 만난 친구이자 같은 발광병 환자였던 남자가 세상을 떠난다. 밤에 화장터에서 그 시신을 화장할 때, 굴뚝에서 피어오른 연기가 희미한 빛을 발한다. 발광병 환자의 유해를 태우자 그 연기가 달빛을 받아 빛난 것이다. 그리고 그 연기는 한 가닥 빛줄기로 변해 하늘로 올라간다. 그런 친구의 모습에 주인공은 자신의 죽음을 예감하며, 사람의 죽음은 아름답다고 느낀다.

그것으로 그 소설은 끝을 맺었다.

4

오후 수업에 요시에 선생님이 새까만 옷을 입고 나타났다. 대학 시절 은사님이 돌아가셔서 상갓집에 가야 한다고 했다. 첫머리에 그렇게 설명한 다음 수업을 시작했다.

집에 돌아온 후, 메이코 누나의 불단 앞에서 만약 내가 죽으면 어떤 식으로 장례가 치러질지 상상해보았다.

내 신념은 확고했다. 아무도 오지 않는 장례식이 가장 이상적이다. 왜냐하면 장례식이 싫기 때문이다.

뒤이어 누나의 경야(經夜)[#5]가 떠올랐다. 그때는 끔찍했던 것으로 기억한다. 예기치 못한 죽음에 모두 혼란스러워했다. 나는 가족이므로 땡땡이를 칠 수도 없는 노릇이라 얌전히 참석했다. 다들 누나의 죽음에 관해 온갖 억측을 늘어놓았다. 나는 그런 이야기를 듣고 싶지 않았다. 모두가 눈물지었고, 그저 시끄럽기만 했다. 시끄럽다고 생각했

#5 경야 장례를 치르기 전, 유족과 친척들이 고인을 추모하며 그 곁에서 식사를 하고 밤을 새는 일.

다. 나는 울지 않았다. 그러자 친척 아저씨가 쟤는 통 속을 모르겠다느니 차가운 애라느니 하며 수군덕거리는 소리가 들려왔다. 나 역시 그럴지도 모르겠다고 생각했다.

경야에는 술과 요리가 한상 가득 차려졌다.

누나가 죽었는데 왜 술판을 벌이는지 이해가 가지 않았지만, 모두들 마셔댔다. 심지어 유쾌해 보이는 사람마저 눈에 띄었다. 미친 게 아닌가 싶었다. 나는 친척들의 눈을 피해 맥주를 한 병 빼돌렸다. 그리고 화장실에 틀어박혀 병째로 마셨다. 난생처음 마셔보는 술이었다. 쓰고 맛없었다. 중간중간 몇 번인가 노크하는 사람이 있었다. 하지만 나는 싹 무시하고 화장실에서 꿀꺽꿀꺽 맥주를 들이켰다.

차가운 동생이라서 미안해.

나는 불단 앞의 메이코 누나를 향해 조용히 사과했다.

누나는 이제 사진으로만 존재하는 사람이 되어, 그저 웃기만 할 따름이었다.

마지막으로 나는 마미즈의 장례식을 머릿속에 그려보려고 했다. 하지만 과연 어떤 느낌일지 상상조차 가지 않았다. 마미즈는 언제 죽는 걸까. 나는 마미즈의 장례식에 참석할까? 절대로 가지 않을 거라는 생각이 들었다.

"오카다, 요새 뭔가 이상한 것 같은데?"

리코짱 선배가 아르바이트 중간 휴식 시간에 그렇게 물었다. 듣고 보니 확실히 요즘 들어 아르바이트할 때 실수가 조금 잦았던 것 같았다. 스파게티 면을 너무 오래 삶아서 흐늘흐늘하게 만들기도 하고, 닭고기 데리야키 덮밥을 만들 생각이었는데 잘못해서 숯덩이 덮밥이 되어버리기도 했다. 내가 무슨 덜렁이 소녀냐.

"죄송합니다. 앞으로는 조심할게요."

"아니, 실수 이야기가 아니라…… 물론 실수도 그렇기는 하지만, 뭔가 꼭 세상이 끝나기라도 한 것 같은 얼굴이길래."

내가 그렇게 울적한 표정을 하고 다녔나. 전혀 자각이 없었다.

"무슨 일 있었어?"

둘러대기도 귀찮아서 솔직하게 대답했다.

"얼마 전에 차였거든요."

"아, 좋아하는 애 있었구나."

그게 더 놀랍다는 느낌으로 리코짱 선배가 말했다. 그 반응이 어쩐지 약간 유감스러웠다.

"네, 뭐……."

메이드 카페 업무란 끝없는 루틴으로 이루어진다. 서비스도 기본적으로는 정형화되어 있고, 독창성은 그다지 중요하지 않다. 실제로는 단골손님도 그렇게 많지 않다. 그래도 메이드들은 매일 똑같은 일만 하다 보면 싫증이 나는지, 이따금 소소한 애드리브를 친 다음 임기응변으로 대응하고는 했다.

“오카다. 오므라이스 말인데, 하트 말고 『생일(誕生日, たんじょうび) 축하드려요』로 해줘.”

그런 요청이 들어왔지만, 막상 완성된 오므라이스에 케첩으로 글자를 쓰려고 한 순간 멈칫하고 말았다. 탄(誕)을 어떻게 쓰냐고! 나는 좌절에 빠졌다. 그렇다고 한자가 아니라 히라가나로 쓰자니 글자 수가 너무 많아서 다 들어가지 않았다. 그래서 결국 「Happy birsday」로 바꾸는 방식으로 해결했다.

평소처럼 아르바이트를 마치고 함께 집으로 돌아가는 길에 리코짱 선배가 불쑥 지적했다.

“오카다, 아까 스펠링 틀렸더라. s가 아니라 th야. 중학교 영어 수준인데. 꽤 좋은 고등학교 다니지 않아? 그래 가지고 괜찮겠어?”

“…….”

영어는 원래 잘 못 하는 과목이지만, 그러고 보니 요새 전혀 공부한 적이 없었다. 괜찮을까? 약간 불안해졌다.

“그러고 보니 오카다, 요새 알바 잘 안 나오더라.”

"아, 네. 여름방학도 끝났고, 문화제 준비다 뭐다 해서 이래저래 바빠서요. 슬슬 그만둘지도 모르겠어요."

나는 이제 메이드 카페 아르바이트는 일주일에 한 번 정도밖에 나가지 않았다.

"진짜? 오카다가 빠지면 뭔가 허전해지겠네. 문화제 같은 거, 참여 안 할 타입처럼 보였는데."

"그런 타입이었는데요……."

마미즈와의 만남을 계기로 내 생활은 완전히 뒤바뀌었다.

"그나저나 문화제, 뭐 하는데?"

"로미오와 줄리엣이요. 제가 줄리엣 역할이고요."

"푸흡!"

제정신이냐는 얼굴로 리코짱 선배가 나를 쳐다보았다. 이제는 그런 반응에도 비교적 익숙해진 상태였다.

"저는 정상이에요."

"……그거, 뭔가 신경 쓰이는데?"

"뭐가요?"

"그 말투."

"그냥 평범한데요."

"응, 바로 그거."

"대체 무슨 말이에요?"

"아니 뭐 상관은 없는데."

그 말을 끝으로 대화가 끊겼다. 간선 도로 옆 인도를 둘이서 묵묵히 걸었다.

"저번에 한 이야기 말인데."

리코짱 선배가 먼저 입을 열었다.

"저번이요?"

"다음에 같이 하자고 했던 거."

"아……."

"있잖아, 다음에 우리 어디 같이 놀러 안 갈래?"

큰마음을 먹은 기색으로 선배가 내게 물었다.

나는 그 자리에 우두커니 멈추어 섰다. 리코짱 선배만 몇 발짝 걸음을 옮겨 나를 앞질렀다.

"그렇게 심각하게 굴지 마."

당황한 기색으로 리코짱 선배가 말을 이었다.

"죄송해요."

더 이상 뭔가 덧붙일 수 있을 것 같은 기분이 들지 않았다.

선배의 표정은 약간 딱딱했다.

"농담이야. 오카다, 빨리 가자."

나는 아무런 대답도 하지 않고 그저 잠자코 다리를 놀렸다.

리코짱 선배와 헤어지고 나자, 불현듯 마미즈를 만나고

싫어졌다. 그런 충동에 시달리는 나 자신이 기묘하게 느껴졌다. 응석 부린다는 생각도 들었다. 그냥 집으로 갈까 갈등했다. 하지만 내 발길은 저절로 마미즈의 병실로 향했다.

달빛이 아름다운 조용한 밤이었다. 병원으로 들어갈 때 문득 생각했다. 실제로는 이 안에서 매일같이 당연하다는 듯 사람이 죽어 나가는 거겠지. 그저 내가 알지 못할 뿐. 그런 생각이 뇌리를 스쳐갔다.

몰래 병실로 숨어 들어가니 마미즈는 잠자리에 들지 않고 창문을 활짝 열어놓은 채 창가에서 바깥을 내다보고 있었다. 커튼이 바람에 펄럭였다.

"일찍 자야지."

말을 걸자, 마미즈가 화들짝 놀란 기색으로 돌아보았다.

"깜짝이야, 난데없이 왜 왔어?"

약간 기분이 상한 목소리였다.

"미안. 좀 심심해서 놀러 왔어."

뭐라고 해야 좋을지 알 수가 없었다. 나 자신도 정확히 설명할 도리가 없어, 그런 식으로밖에 대답하지 못했다.

"바보도 아니고. 시간을 좀 생각해."

마미즈의 지적대로 밤 열한 시도 넘은 시각이었다. 확실히 조금 경솔한 행동이었는지도 모른다.

"아무튼 됐어. 타쿠야, 이쪽으로 좀 와봐."

하지만 마미즈는 금방 기분이 풀렸는지, 부드러운 음성으로 되돌아와 손짓으로 나를 창가로 불렀다.

"자, 봐."

마미즈는 그렇게 말하며 창밖의 밤공기를 가리켰다.

"보라니? 뭘?"

내 질문에 대답하듯 마미즈가 자기 팔을 창밖으로 내밀었다.

오늘 밤은 달이 밝았다.

그 달빛을 받아 마미즈의 팔이 서서히 빛나기 시작했다.

언제 보아도 낯설었다. 그 모습은 내 눈에 무언가 신비로운 광경처럼 비쳤다. 그런 시선으로 바라보는 게 마미즈는 싫을지도 모르지만.

"봐, 예전보다 빛이 강해진 것 같지 않아?"

마미즈가 말했다. 나는 눈을 가늘게 뜨고 주의 깊게 관찰했다. 확실히 마미즈의 말처럼 지난번 천체 관측 때보다 한층 더 환한 빛을 뿜어내는 것처럼 보였다.

"빛이 강해졌다는 말은…… 그만큼 악화됐다는 뜻이지."

마미즈가 마치 남의 이야기를 하는 기색으로 말했다.

"그래."

뭐라고 대답해야 좋을지 알 수 없었다. 아무 말도 할 수 없을 것 같은 기분이 들었다.

"있잖아, 타쿠야. 혹시 소중한 사람을 잃어버린 적이 있지 않아?"

마미즈가 문득 생각났다는 듯 물었다. 그 말투는 예전부터 궁금했던 것을 마침 떠오른 김에 물어본다는 느낌을 풍겼다.

"그런 적 없어."

나는 거짓말을 했다.

"정말? 왠지 익숙한 느낌이 들었는데."

"뭐에?"

"누군가의 죽음에."

그런 사람은 되고 싶지 않다고 생각했다.

"그게 무슨 소리야?"

나는 그날 마미즈의 병실에 온 것을 왠지 모르게 후회했다.

"갈게."

돌아서서 출입문으로 향하려 하자, 마미즈가 내 셔츠 소매를 붙잡았다.

"미안해, 타쿠야. 화났어?"

"아니."

나는 쌀쌀맞게 대꾸했다.

"있잖아."

마미즈의 목소리가 가늘게 떨렸다.

"무서워서 못 자겠다고 하면, 아침까지 같이 있어줄래?"

마미즈가 그렇게 약한 소리를 입 밖에 낸 것은 처음이었다.

나는 아무런 대답도 하지 않았다. 하지만 머릿속은 복잡했다.

마미즈는 대체 무슨 생각으로 저런 말을 하는 걸까?

마미즈는 커튼을 치더니 침대로 가서 누웠다. 내가 의자에 앉자, 마미즈가 나직한 목소리로 이리 오라고 불렀다. 나는 결국 마미즈의 침대로 기어들어 갔다.

"미리 말해두는데 그런 의도는 아니니까, 이상한 짓 하지 마."

"안 해."

그럴 마음은 날 것 같지도 않았다. 그렇다고 편안하게 잠들 수 있을 리도 없었다.

"내일 척수액을 뽑아서 검사한대."

마미즈도 잠이 오지 않는지, 내가 깨어 있는지 확인하듯 그렇게 말했다. 하지만 나는 대답하지 않고 침묵을 지켰다.

"검사에도 두 종류가 있는데, 내 병은 그 원인이 아직 명확하지 않아. 그러다 보니 근본적인 치료법도 밝혀지지 않았고. 임시방편 식의 대증 요법 위주지. 그래서 왜 이런 병에 걸리는지 원인을 규명하기 위한 검사도 하는 거야. 말하자면 모르모트랄까? 신약도 시험해보는 중이고, 내 몸을 가지고 매일 누군가가 실험을 하는 거지.”

그럼에도 마미즈는 내가 듣거나 말거나 상관없이 설명을 이어갔다.

“만약 원인이 밝혀진다 해도 연구에는 몇 년 몇십 년이 걸리니까, 나한테 그 혜택이 돌아오는 일은 없겠지만 말이야. 그래도 언젠가는 치료법을 찾아내서 다른 사람이 살 수 있을지도 모르잖아? 나는 착하고 훌륭한 사람이니까, 인류의 미래를 위해서 협조하는 거야.”

눈을 감고 등을 돌린 채로 누워 있었으므로, 마미즈가 어떤 표정으로 이야기하는지는 알 수 없었다.

“대단하지? 그러니까 타쿠야, 칭찬해줘.”

어떤 반응을 보여야 할지 알 수 없었다. 나는 계속 잠든 척했다. 이윽고 마미즈가 쌔근쌔근 고른 숨소리를 내기 시작했다. 나는 살그머니 침대를 빠져나와 병실을 나섰다. 정말 아침까지 함께 있었다가는 누군가에게 들켜서 성가신 상황이 벌어지리라는 사실을 나중에야 깨달았기 때문이다.

아직 새벽 세 시였으므로 24시간 영업하는 패스트푸드점에서 시간을 때우다가 첫차를 타고 귀가했다.

집으로 들어오다가 흠칫했다.

엄마가 식탁에 앉아 있었기 때문이다. 불도 켜지 않고, 어두컴컴한 실내에서 아무것도 하지 않고 우두커니 앉아 있었다. 그런 모습을 보면 누구든지 놀라기 마련이다. 실제로 나도 깜짝 놀랐다.

"뭐 하는 거야?"

"너 요즘 이상해."

아무래도 외박한 아들을 밤새 기다린 눈치였다.

"부탁이니까 자살만은 하지 말아주렴."

엄마는 공허한 눈빛으로 나를 바라보며 말했다. 끈적하게 달라붙는 목소리였다.

"또 그 소리, 이젠 신물이 나. 죽든 살든 내 마음이잖아."

평소 같으면 그냥 흘려 넘겼으련만, 무심코 그렇게 말하고 말았다.

"자식을 먼저 보낸 부모 심정을 타쿠야 넌 이해 못 해."

더 이상 뭔가 언쟁을 벌일 마음은 들지 않았다. 피곤한 나머지 얼른 자고 싶은 생각뿐이었다.

"어른이니까 정신 좀 바짝 차려."

끝으로 그렇게 대꾸한 뒤에도 엄마는 비슷한 잔소리를

끊임없이 늘어놓았지만, 싹 무시하고 방으로 올라가기로 했다. 샤워조차 하지 않고, 잠옷으로 갈아입은 다음 바로 잠들었다.

며칠이 지난 어느 날, 연극 연습을 마치고 곧바로 병실로 가니 마미즈가 빨간 목도리를 손에 들고 있었다. 아무래도 요전부터 계속 떠온 뜨개질거리가 완성된 모양이었다.

"타쿠야, 늦었잖아."

애초에 오늘 오겠다는 약속 자체를 한 적이 없으니 늦고 말고 할 것도 없지만, 나는 순순히 미안하다고 사과했다.

"오늘도 연극 연습했어?"

"줄리엣도 아무나 하는 게 아니라니까."

그리고 나는 최근 연극 연습 중에 벌어진 에피소드 등을 들려주었다. 단, 카야마와 나눈 대화만은 생략했다.

"담배, 어땠어?"

"쓰고 맛없기만 하더라. 추천은 못 하겠어."

"가슴이 후련해져? 유쾌 상쾌 통쾌?"

"아니…… 별로 그렇지는 않던데."

"뭐야. 시시해."

정말로 시시하다는 듯 마미즈가 불평했다.

"저기, 있잖아. 로미오 역할 말이야, 아키라라며?"

"저번에 본인한테 들었어?"

"응. 키스도 해? 꺄아~! 콩닥콩닥."

"하겠냐."

"에이, 시시해."

그 반응에 왠지 울컥해서 마미즈의 볼을 콱 꼬집었다.

"하히, 마하~."

마미즈가 우스울 만큼 쩔쩔매며 허둥대기에, 나는 더욱 집요하게 공격했다.

"할 건데."

"놔하, 줘허~."

그리고 발음이 새서 말투가 이상해진 마미즈를 흉내 내어 물어보았다.

"너느흔, 누구르흘, 좋아해애~?"

그러자 마미즈는 내 손을 치우더니 갑자기 진지한 표정을 지었다.

"저는 아무도 좋아하지 않도록 노력하는 중입니다."

"뭐?"

"그러니까 방해하시면 곤란합니다."

점점 더 의미 불명이 되어갔다. 내가 도대체 뭘 방해한다는 말인가.

"그리고 이 목도리는 우리 아빠한테 전해주세요. 엄마

한테는 들키지 않도록."

"뭐? 아니 뭐 그야 상관은 없는데……."

마코토 아저씨가 사는 곳, 멀단 말이지.

지난번에 마코토 아저씨가 넘겨준 연락처는 내 휴대폰에 저장되어 있었다. 그쪽으로 연락을 취하자, 이 동네까지는 못 오지만 가까운 역까지는 와줄 수 있다고 했다.

만나기로 한 장소는 맥도날드였다. 내가 먼저 도착해서 기다렸다. 가게로 들어올 때, 마코토 아저씨는 끊임없이 흘끔흘끔 뒤를 신경 쓰는 기색이었다. 마치 TV 드라마에 나오는 미행을 겁내는 범인 같았다.

"오카다, 우리 딸 때문에 고생이 많구나."

마코토 아저씨는 조금 초췌해진 느낌이었다.

"받아라. 너한테 주는 선물이다."

아저씨가 웬 책을 건네주었다. 서점 북 커버를 씌워놓은 상태라 무슨 책인지는 알 수 없었지만, 굳이 확인해볼 마음도 들지 않았다.

"……그나저나 많이 안 좋은 거냐? 마미즈."

"1인실로 옮긴 지 슬슬 한 달이 되어가요."

나는 주관을 섞지 않고 객관적인 사실만을 전했다.

"이혼했으니 법적으로는 걸릴 게 없어. 내 파산 문제로 가족들한테 불똥이 튀지는 않아. 다만 세상에는 불법적인 수단도 마다하지 않는 인간들이 있으니까…….”

“이거, 마미즈가 전해달라고 한 물건이에요.”

나는 종이봉투를 마코토 아저씨 눈앞의 테이블에 올려놓았다. 안에는 마미즈가 맡긴 목도리가 들어 있었다. 그러나 아저씨는 이야기하는 데 정신이 팔려 내용물에는 관심을 보이지 않았다.

“만약 이게 위장 이혼이라는 사실, 내가 가족들에게 몰래 돈을 부친다는 사실이 들통나면…… 두 사람에게 피해가 갈 테니까.”

나는 참을성이 바닥나 종이봉투에서 목도리를 꺼내 아저씨에게 내밀었다.

“이게 뭐냐……?”

“마미즈가 짠 거예요. 아저씨 드리려고요.”

“그래?”

목도리를 보자, 마코토 아저씨도 그제야 감동 받은 기색을 드러냈다.

“조금 이르지만, 겨울까지 살 수 없을지도 모른다면서요.”

마코토 아저씨의 눈에 눈물이 고이는 게 보였다. 그렇지만 나도 냉정한 상태는 아니었다.

“아무튼 만나러 와주세요. 부탁드립니다.”

그렇게 말하고 나는 먼저 가게를 빠져나왔다.

"타쿠야!"

바깥으로 나와 길을 걸어가는데, 뒤에서 마코토 아저씨가 부르는 소리가 들려왔다. 돌아보고 싶지 않았지만, 하는 수 없이 뒤돌아보았다.

"너 마미즈를 좋아하는 거냐?"

마코토 아저씨의 얼굴에는 어쩐지 위엄이 없었고, 처량한 분위기가 감돌았다.

"좋아하면요? 그럼 뭐 어쩌실 건데요?"

나는 신경질적으로 버럭 소리쳤다. 그리고 한 번도 뒤돌아보지 않고 곧장 횡단보도를 건넜다. 그리고 저도 모르게 뛰기 시작했다.

거리를 오가는 사람들 사이를 뚫고 있는 힘껏 달렸다.

청춘 드라마 같다고 생각했다. 바보 같다고 생각했다. 바보라고 생각했다.

와타라세 마미즈는 머지않아 죽는다.

줄곧 외면해왔던, 못 본 척해왔던 죽음이라는 현실이 어느덧 눈앞으로 닥쳐왔다.

그동안 함께 보낸 시간들을 돌이켜보았다.

마미즈의 소원은 하나같이 자질구레한 것들뿐이었다.

그런 소소한 일들을 죽기 전에 해보고 싶다는 것도 분

명 나름대로 현실감 있는 이야기이기는 했다.

하지만 그게 아니잖아?

그런 생각이 들었다.

그런 게 정말 네가 죽기 전에 하고 싶은 일이야?

정말 미련은 없어?

아무런 여한도 없이, 와타라세 마미즈는 죽음을 맞이할 수 있을까?

내가 할 수 있는 일은 뭐지?

자신의 무력함이 한스러웠다.

생각해본들 결론이 나올 리 없는 문제를 나는 쳇바퀴 돌듯 끊임없이 곱씹었다.

집으로 돌아왔지만 왠지 눈이 말똥말똥해서 좀처럼 잠이 오지 않았다. 그러다 문득 생각나서 가방 안에 처박아 둔 채였던 마코토 아저씨가 준 책을 꺼내 들었다. 북 커버를 벗기고 제목을 보았다.

『스노우 볼 만들기』

그렇게 쓰여 있었다. 스노우 볼이라는 거, 그냥 일반인도 만들 수 있단 말인가. 의외였다.

팔랑팔랑 책장을 넘기는 사이, 이거 잘만 하면 고칠 수도 있지 않을까 하는 생각이 들기 시작했다.

어쩌면 마코토 아저씨는 그런 메시지를 담아서 내게 이 책을 선물했는지도 모른다.

마미즈가 넘겨준 스노우 볼의 잔해를 다시금 가만히 바라봤다. 그 미니어처 통나무집은 한때 속했던 눈 속 세상을 잃고, 현실의 초라한 내 방 안에서 맥없이 나동그라진 채였다. 그대로 내버려 두기도 왠지 안쓰러워 최소한 똑바로 세워놓기라도 하고 싶었으나, 아무리 애를 써도 도로 넘어져버렸다. 마치 해일이 지나간 집 같았다. 유리구슬 속에 있을 때는 실제로 누군가 살고 있을 것 같이 보이기도 했지만, 지금은 그저 잡동사니로만 보였다. 결정적인 무언가를 잃어버리고 만 집의 풍경.

망가져버린 집.

한순간 기이한 착각에 사로잡혔다. 마치 우리 집을 다른 아파트 베란다에서 쌍안경으로 관찰하는 기분이 들었다. 물론 우리 집은 통나무집이 아니다. 하지만 왠지 닮은 꼴처럼 느껴졌다. 기묘한 감각이었다. 그리고 뒤이어 마미즈네 집으로 상상이 흘러갔다.

필요한 재료는 마트에서 마련할 수 있을 것 같았다.

2학기가 시작되면서 방학 때에 비해 마미즈의 병실을 찾는 빈도가 줄었다. 일주일에 두세 번가량. 갈 때마다 마미즈의 안색은 점점 나빠져 갔다.
죽음이 시시각각 와타라세 마미즈에게 닥쳐오고 있었다.
요즘 병실에서 마미즈 옆에 있을 때면 그 사실이 피부로 와 닿았다.
마미즈는 차츰 여위어갔다.
"마미즈, 또 뭐 하고 싶은 일 없어?"
"……자고 싶어."
처음에는 마미즈가 농담을 하나 보다 생각했다. 하지만 아니었다. 마미즈는 우울한 표정으로 침대에 누워 있었다. 나하고 눈을 마주치려 하지 않았다.
"타쿠야, 이제 안 와도 돼."
"왜 그런 말을 해?"
"나 같은 거, 전부 깨끗이 잊어버려."
"그게 무슨 소리야……."
"괴로우니까. 네 얼굴, 더 이상 보고 싶지 않아."
마미즈의 목소리는 다소 신경질적이었다.
"그러니까 날 좀 내버려 둬. 네가 인간적으로 싫으니까. 성가시다고."
"……미움을 사려고 일부러 하는 소리야?"
목소리가 떨렸다. 내가 감정적이 되어서 어쩌란 말인가. 하지만 도저히 평정심을 유지할 수 없었다.

"맞아."

마미즈는 무기력하고 자포자기한 목소리로 대꾸했다.

"그게 내 마지막 부탁이야. **두 번 다시 만나러 오지 마.** 알겠어?"

"……알았어."

전혀 납득하지 못했는데도 나는 왜 알았다고 대답한 걸까.

나는 병실을 나섰다. 어쩌면 정말 이것이 마미즈와의 마지막 만남이 될지도 모른다. 그렇게 생각하자 이런 식으로 끝나버리는 건가 싶었다. 그동안 우리가 함께한 시간은 뭐였나 하는 생각이 들었다. 하지만 그래 봤자 달라지는 것은 없다. 문을 닫고 병실을 나왔다. 어차피 다 끝난 일이다. 그렇게 나 자신을 설득하려 했다.

전부 나쁜 꿈이었다.

얼른 잊어버리려 했다.

따지고 보면 마미즈를 만난 후로는 늘 성가신 일투성이였다.

터무니없는 일들만 시켜댔고, 사실 처음에 마미즈는 노골적으로 나를 골탕 먹이며 즐거워한 것에 지나지 않았다.

재수 없는 애다.

성격이 배배 꼬인 것 아닌가?

게다가 제멋대로에 자기중심적인 구석도 있다.

속마음을 사실대로 털어놓지 않고 감추는 경향이 있고.

한마디로 솔직하지 못하고, 성깔 있고.

그런 주제에 마음 약한 구석도 있어서.

툭하면 울고, 희로애락이 뚜렷하고.

가족을 사랑하고.

다정한 구석도 많고, 섬세하고.

쉽게 상처 입고.

나는 언제나 상처만 입혔고.

…….

나는 마미즈를 잊을 수 있을까.

무리라고 생각했다.

5

슬슬 여름이 가고 가을로 접어든다. 메이코 누나가 죽은 가을이 온다.

이맘때면 자주 누나 생각이 났다. 그래서 해마다 가을이 다가오면 기분이 가라앉고는 했다. 특히 올해가 가장 심했다. 나는 내가 누나가 죽은 고등학교 1학년 가을을 넘기는 것이 왠지 싫었다.

마미즈를 만나지 않게 된 지도 2주일이 흘러, 바야흐로

문화제가 하루 앞으로 다가왔다.

평소에는 연극 준비에 참여하지 않던 학생들도 직전인 이날만큼은 거의 빠짐없이 참석했다. 알리바이 만들기라는 측면도 있거니와, 청춘다운 행사를 한몫 거들고 싶다는 것도 자연스러운 감정이겠지. 모두들 나름대로 바빴지만, 주연 배우인 우리에게는 별다른 일거리가 할당되지 않아 오히려 한가했다. 그렇다고 딱히 자발적으로 도와줄 마음도 들지 않았다.

"드디어 내일이네."

교탁에 기대어 축 늘어져 있는 내게 카야마가 1층 자판기에서 사 온 탄산음료 캔을 휙 던져주었다.

"근데 오카다, 왜 줄리엣인데?"

카야마가 새삼스레 내게 근본적인 의문을 제기해 왔다.

"그게…… 사실은 마미즈가 하고 싶어 했거든, 줄리엣."

"뭐? 그게 무슨 소리야?"

"마미즈가 항상 그러거든. 자기가 **죽기 전에 하고 싶은 일**을 내가 대신하고, 그 이야기를 들려달라고."

"그럼 내일 난 너를 와타라세 마미즈라고 생각하고 연기하면 되는 거냐?"

"눈물겹네."

입안에서 탄산이 터져 나갔다.

"앞으로 두 달이라며?"

카야마가 너도 당연히 알고 있겠지? 라는 분위기로 물었다. 나는 깜짝 놀라 카야마의 얼굴을 쳐다보았다.

"마미즈가 말해줬어?"

여름방학이 끝난 직후, 마미즈가 또 시한부 선고를 받았다고 털어놓았던 기억이 났다. 그때 나는 무서운 마음에 구체적인 이야기를 회피했다.

"그래, 너랑 같이 병원에 갔을 때. 오카다 넌 못 들었어?"

충격이었다. 나는 모르는데 카야마는 안다는 사실도 충격이었지만, 그보다도 두 달이라는 그 숫자가 훨씬 더 충격적이었다. 찬물 속으로 곤두박질친 느낌이었다.

"있잖아, 오카다. 나 같은 쓰레기는 이렇게 뻔뻔하게 살아 있는데, 왜 아름다운 사람이 죽어야 하는 거지? 뭔가 이상하잖아. 그런 생각 안 들어?"

누구 이야기일까. 마미즈일까, 자기 형일까. 아니면 둘 다일까. 물어보고 싶었지만, 역시 묻지 않는 편이 나을 것 같아 침묵을 지켰다.

그 대신 뭔가 다른 이야기를 하려고 화젯거리를 찾았다.

"나도 차였어. 와타라세 마미즈한테."

마침내 나는 그렇게 실토했다. 하지만 카야마는 조금도 놀란 기색을 보이지 않았다.

"항상 곁에 있어주지만, 결코 손대서는 안 되는 사람."

"뭐?"

"와타라세 마미즈가 좋아하는 남자 이야기야."

금시초문이었다.

"본인이 그래?"

"그래. 그러니까 너를 말하는 거겠지."

"아니, 그럴 리가. 난 마미즈하고는 얼마 전에 절교했고, 이제 안 만날 건데."

"야, 절교라니…… 애도 아니고."

"그러게."

정말이지 애구나 싶었다.

있잖아, 내가 언젠가 절대로 오지 말라고 해도 만나러 와줄 거야?

언젠가 마미즈가 했던 말이 지금에 와서야 불현듯 떠올랐다.

밤은 점점 깊어갔다. 우리는 마지막으로 처음부터 끝까지 꼼꼼하게 연기 연습을 했다.

우선 줄리엣이 약을 먹고 가사 상태에 빠진다.

뒤이어 줄리엣이 죽었다고 착각한 로미오가 자살한다.

끝으로 로미오가 죽었다는 사실에 절망하여 줄리엣이 자살한다.

무(無)다.

사랑하는 이가 죽었을 때는 자살하지 않으면 안 됩니다.

메이코 누나가 빨간 줄을 쳐놓았던 그 시구(詩句)가 문득 뇌리를 스쳤다.

밤중에 병실로 숨어드는 데는 그만한 용기와 각오가 필요하기 마련이다. 이미 여러 번 그렇게 대담한 짓을 해왔으니, 어쩌면 나는 마미즈를 만나고 다소 배짱이 생겼는지도 모른다.

하지만 매번 성공한다면 그게 오히려 비현실적이다.

실제로도 그랬다.

연극 공연을 하루 앞두고 꼭 마미즈의 얼굴을 보고 싶어진 나는 연습을 마치고 돌아가는 길에 야밤의 병원에 몰래 숨어들었다. 그리고 간호사에게 딱 걸리고 말았다.

"거기 앉아."

예전에 마미즈가 매점에서 쓰러졌을 때 잠시 이야기했던 오카자키라는 간호사였다. 오카자키 간호사는 한숨을 쉬더니, 너스 스테이션의 의자를 가리키며 내게 앉으라고 권했다.

"이름이 뭐야? 속일 생각은 하지 말고."

"오카다입니다."

"풀 네임을 대야지!"

오카자키 간호사의 목소리는 유난히 엄격했다.

"오카다…… 타쿠야입니다."

"내 그럴 줄 알았지."

뭐가 그럴 줄 알았다는 건지 도통 영문을 알 수 없었지만, 아무튼 오카자키 간호사는 그렇게 중얼거렸다.

"면회 시간이 끝나면 원칙적으로 외부인은 출입 금지야."

"네…… 잘못했습니다."

일이 이렇게 된 이상, 무조건 싹싹 비는 수밖에 없다. 나는 시선을 떨구고 끊임없이 머리를 조아렸다.

"하지만 그런 건 중요하지 않고……."

심각한 표정을 유지한 채 오카자키 간호사가 말했다. 나는 깜짝 놀라 고개를 들었다.

"그보다 말이야, 너 얼마 전부터 왜 갑자기 와타라세 병문안을 안 오는 건데? 너희들, 사귀는 사이잖아?"

깜짝 놀랐다. 오카자키 간호사는 뭔가 단단히 오해를 한 눈치였다. 항상 바빠 보였기 때문에 누가 누구의 병문안을 오는지까지 파악하고 있을 줄은 몰랐다. 내가 마미즈의 병실을 수시로 들락거리는 것을 알고 있으리라고는 생각도 못 했다.

"싸우기라도 했어? 아니면 이제 싫어졌어? 점점 약해져가는 그 애를 보는 게 괴로워?"

"그런 게 아니에요. 그냥…… 미움을 사서요. 더 이상 제 얼굴을 보고 싶지 않다는 소리를 들었거든요."

"그래서 얼굴을 비추지 않았다 이거지. 흐음……."

나직하게 중얼거린 오카자키 간호사는 샌들을 신은 발을 이쪽으로 내밀어 내 다리를 툭 걷어찼다.

"어중간하게 굴지 마."

"……하지만 어쩔 도리가 없는걸요. 마미즈가 싫다는데 어떡해요? 물러설 수밖에 없잖아요. 아니면 설마 간호사님은 스토커 같은 변태적인 사랑에 이끌리는 타입이에요?"

나는 왠지 상황에 맞지 않는 농담을 하고 말았다. 포인트가 어긋났다. 그렇다, 내게도 자각은 있었다.

"넌 아무것도 몰라. 모르는 걸 잘못이라고 생각하지도 않고. 자기가 옳다고 생각하지. 그리고 그 올바름에 도취된 것뿐이야. 흔한 일이지만 악질이야."

의미심장한 말을 잇달아 늘어놓으며 오카자키 간호사는 몸을 일으켰다.

"이제 순회 돌 시간이라 가봐야 되겠다. 너도 오늘은 이만 돌아가렴. 한밤중에 아픈 사람을 깨우지 말고."

그 말에 나도 천천히 자리에서 일어났다.

"당직 설 때, 밤중에 병실을 돌면서 환자들을 살피거든.

와타라세, 요즘 자면서 울더라. 네가 발길을 끊은 다음부터 계속. 아마 본인도 그런 줄 모를 거라고 생각해. 나는 그 모습을 봐도 아무 말도 할 수 없어. 환자 한 사람 한 사람의 마음속까지 깊이 관여할 수는 없으니까. 항상 '타쿠야, 미안해.'라며 흐느껴. 그거, 네 이름 맞지? 밤마다 네게 사과해. 무엇이 와타라세를 그렇게 만드는가? 그건 나도 몰라."

오카자키 간호사의 말은 속사포처럼 빨랐다. 간호사보다 만담가나 정치가가 더 적성에 맞지 않을까 싶었다.

"그걸 아는 사람은 아마도 이 세상에 너 한 사람뿐이겠지."

마지막으로 그 한마디를 덧붙이고, 오카자키 간호사는 방을 나서려 했다.

"저기요!"

나는 무심코 소리쳤다.

"목소리 낮춰. 밤이잖아."

"죄송해요. 그게요, 내일 저희 반 연극 하거든요. 내일이 공연이에요. 그래서 마미즈를 만나고 싶었던 거라고. 마미즈를 위해서 열심히 할 거라고…… 그렇게만 좀 전해주시겠어요?"

"마음이 내키면."

그렇게 대꾸하고 오카자키 간호사는 방을 나가버렸다. 나는 결국 마미즈를 보지 않고 얌전히 집으로 돌아가기로 했다.

문화제 공연이 시작되기 전, 나는 꽤나 뼈아픈 경험을 했다.

"가만히 좀 있어봐, 타쿠야."

우리 반 여학생들이 줄리엣 역할인 나를 붙잡고 본격적인 메이크업에 열을 올렸기 때문이다. 심지어 치렁치렁한 드레스까지 입은 채였다. 드레스 착용 이야기는 들었지만, 분장까지 해야 한다는 이야기는 들은 기억이 없었다.

"저기, 꼭 이렇게까지 할 필요는 없지 않나……?"

넌덜머리를 내며 항변해보았지만, 학급 전체가 작당해서 들은 척도 하지 않았다. 남학생들의 숨죽인 웃음소리가 사방에서 들려왔다. 모두들 "오카다, 화장발 좀 받는데?" "나보다 예쁜 것 같아." "어라, 생각보다 괜찮은걸? 오카다." 하고 조금도 반갑지 않은 소리를 늘어놓았지만, 거울에 비친 내 모습은 어디로 보나 우스꽝스러운 몰골로밖에 보이지 않았다. 그냥 다 때려치우고 어디론가 튀고 싶은 마음이 굴뚝같았다.

"오카다, 너 긴장했구나?"

로미오 역할의 카야마가 귀족 차림으로 다가와, 구경꾼 근성을 노골적으로 드러내며 분장한 내 얼굴을 빤히 들여다보았다.

"전혀."

그러는 너야말로 긴장한 것 아니냐고 받아쳐주고 싶었다. 카야마의 표정이 딱딱하게 경직된 것이 느껴졌다.

"완전 웃겼으면 좋겠다, 오카다."

내가 여장을 하고 출연하는 시점에서, 이 셰익스피어의 비극은 이미 어엿한 코미디로 전락한 것이나 다름없었다.

"그럼 너도 여장이나 하지 그래? 로미오는 사실 여자였다! 신감각 백합 비극이라고."

희비극이 뒤바뀐 느낌이지만 말이다.

"그리고 연기는 남자 둘이 하고?"

"배꼽 빠지겠네."

내 입으로 한 소리지만, 실제로는 전혀 웃음이 나오지 않았다.

벌써부터 반쯤 넌덜머리가 난 상태이기는 했지만, 그래도 나는 진지하게 이 연극에 임할 작정이었다.

이건 나를 위한 공연이 아니니까.

이러쿵저러쿵하기는 했지만, 연습도 그럭저럭 성실하게 소화해왔다. 그러니까 괜찮다.

"괜찮겠지?"

문득 불안해져서 나는 카야마에게 물었다.

"그럼, 잘 어울려."

어째서인지 카야마가 내 여장에 대한 평가를 내놓았다. 한대 퍽 치고 분장도 끝났으니 그만 일어나려고 했다.

그때, 내가 교실 한쪽에 벗어놓은 교복 호주머니에서 휴대폰이 진동했다. 허둥지둥 다가가 화면을 보았다.

와타라세 마미즈. 그 이름이 눈에 들어왔다.

심지어 영상 통화였다.

"야, 오카다. 곧 공연 시작한다."

누군가 말했지만, 나는 무시하고 전화를 받았다.

마미즈의 얼굴이 화면 한가득 나타났다.

그 모습을 보고 나는 그만 웃음을 터뜨리고 말았다.

-내 얼굴이 보고 싶다면서?

눈 밑에는 다크서클이 시커멓게 드리웠고 눈은 새빨갰다. 방금 전까지 엉엉 울어서 잔뜩 부은 티를 감출 생각조차 없어 보이는 참혹한 얼굴이었다. 저렇게 무참한 얼굴을 한 마미즈를 나는 여태껏 본 적이 없었다.

-어때?

마미즈가 왠지 으스대듯 의기양양한 표정으로 물었다.

"누가 뭐래도 이 세상에서 네가 제일 예뻐."

나는 진심으로 대답했다. 지금 이 시간에 마법이 걸려 있어, 그런 낯 뜨거운 대사도 지금은 가감 없이 전해질 것 같은 느낌이 들었다.

—후훗, 근데 타쿠야 네 얼굴도 굉장하네. 공주님 같아.

시끄럽거든? 하고 생각했다.

"가자, 마미즈."

나는 영상 통화를 켜놓은 채로 교실을 나섰다. 풀 메이크업을 하고 화려한 드레스를 차려입은 나를 복도에 있던 학생들이 일제히 돌아보았다. 비명인지 탄성인지 헷갈리는 소리가 곳곳에서 터져 나왔다.

무대 의상을 차려입은 배우들이 대기실로 쓰이는 교실에서 공연장인 강당까지 행진하는 것은 우리 학교의 전통이었다.

오가던 학생들도 발걸음을 멈추고 환호성을 질러댔다.

내 뒤를 우리 반 아이들이 줄줄이 따라왔다. 나는 선두에 서서 한 걸음 한 걸음 보무도 당당하게 복도를 누볐다. 걷는 내내 마미즈와 영상 통화를 이어갔다. 마미즈도 함께 데려간다는 분위기를 내고 싶었다.

—굉장하다, 타쿠야.

마미즈가 감격한 기색으로 말했다.

"진짜 공연은 이제부터야."

물론 나도 긴장하지 않은 것은 아니었지만.

—잘해!

마미즈가 말했다.

"응."

나는 짤막하게 대꾸한 후 앞을 보며 계속 걸음을 옮겼다.

강당 안으로 들어갔다.

그리고 객석에 있는 요시에 선생님을 발견하고 그쪽으로 다가갔다.

"어머나, 세상에. 오카다, 엄청난 차림새네."

요시에 선생님이 애매한 미소를 지으며 나를 훑어보았다.

"저기, 선생님. 그 이야기는 일단 넘어가고요. 이거요, 지금 마미즈하고 영상 통화로 연결되어 있거든요."

"뭐? 왜?"

"이유는 묻지 마시고, 이 전화기요. 무대를 향하도록 좀 해주시겠어요? 마미즈도 우리 반의 일원이잖아요. 보고 싶을 테니까요."

그렇게 설명하고 나는 휴대폰을 요시에 선생님에게 넘겨주었다. 이렇게 말하면 차마 싫다고는 못 하겠지. 선생님도 말없이 고개를 끄덕이고 내 휴대폰을 받아 들었다. 그 후 나는 빙글 몸을 돌려 객석을 벗어나 무대 뒤로 향했다.

"카야마, 마미즈가 보고 있어."

진지한 표정으로 대기 중이던 카야마에게 말을 걸었다.

"알아. 아까 통화했잖아, 오카다."

"뭐…… 아무튼 잘 해보자."

"그래야지."

드디어 우리들의 연극이, 로미오와 줄리엣이 막을 올렸다.

공연 이야기를 하자면, 객석의 반응은 예상대로 웃음이 주를 이루었다. 그야 줄리엣인 내가 남자이니 웃을 수밖에 없다. 그 점은 상관없었다.

오로지 카야마의 반응만이 마음에 걸렸다.

긴장해서인지 아니면 뭔가 다른 이유가 있는지, 시작 전에는 의욕 가득한 느낌이었건만 막상 뚜껑을 열어보니 전혀 기운이 없었다. 의외로 실전에 약한 스타일인가? 약간 의아한 생각이 들었다. 반면에 나는 그냥 될 대로 되라는 식으로 뻔뻔스럽게 줄리엣을 연기했다.

공연도 어느덧 막바지에 접어들어, 마침내 로미오와 줄리엣이 죽는 장면만 남았다.

먼저 줄리엣인 내가 가사 상태에 빠지는 비약을 먹고 무대 한가운데에서 죽음처럼 깊은 잠에 빠져든 척했다.

그런 나를 발견한 로미오 역의 카야마가 그동안 수십 번 넘게 연습했을 대사를 읊었다.

"아아, 줄리엣. 어째서 죽어버린 거지요?"

그런데 그때 카야마에게 이변이 발생했다. 이어져야 하는 대사가 좀처럼 흘러나오지 않았다. 나는 죽은 듯 잠든 시늉을 해야 하는 입장이었지만, 감았던 눈을 가늘게 뜨고 상황을 살폈다.

눈앞에 바보가 있었다.

카야마는 울고 있었다.

오열하고 있었다.

2층에서 떨어져도 울지 않았던 카야마가 울고 있었다.

쏟아지는 눈물을 삼키느라 다음 대사를 하지 못했던 것이다.

사태를 파악한 객석이 술렁이기 시작했다. "쟤 왜 저래?" "뭔지 몰라도 우는데?" "우와, 왜 저래?" "어떻게 된 거야?" 연습할 때는 그렇게 무성의하게 내뱉던 대사에 카야마는 완전히 감정이입하고 만 눈치였다.

그럼 내일 난 너를 와타라세 마미즈라고 생각하고 연기하면 되는 거냐?

어제 카야마가 했던 말이 떠올랐다.

긴 침묵이 흘렀다. 이쯤 되면 방송사고 수준이었다.

야야, 너 어쩌려고 그래? 카야마. 나는 조마조마한 심정으로 카야마를 지켜보았다.

여전히 눈물은 그칠 줄 몰랐다.

하지만 가까스로 호흡을 가다듬은 카야마는 단숨에 다음 대사를 읊었다.

“나도 죽어서 줄리엣, 그대 뒤를 따르리다.”

그리고 카야마는 독약을 삼키려 했다.

반사적으로 손이 나갔다.

“잠깐만.”

나는 몸을 일으켜 로미오의 팔을 덥석 잡았다.

강당 안에 있는 나를 제외한 모든 사람이 경악에 사로잡혔다.

당연한 일이다. 자고 있어야 할 줄리엣이 벌떡 일어나 로미오의 자살을 막았으니까. 이러면 로미오와 줄리엣은 엇갈리지 않는다. 조금도 애절하지 않다.

“죽지 마요, 로미오.”

나는 힘차게 일어나서 눈을 부릅뜨고 외쳤다.

“줄리엣, 아직 안 죽었으니까!”

그 순간, 강당 안이 웃음바다로 변했다.

“그냥 가사 상태였던 거예요, 로미오. 그러니 죽지 않아도 괜찮아. 줄리엣은 살아 있으니까!”

“어, 어어, 우…….”

카야마가 기절초풍한 표정으로 나를 쳐다보았다. 무

대 밖으로 퇴장하는 통로 쪽에서 우리 반 스태프가 "망했어……."라며 머리를 쥐어뜯는 모습이 보였다.

"우와, 대박……!"

카야마가 소리쳤다. 그 말에 객석에서 또다시 폭소가 터져 나왔다.

영락없이 공공의 적으로 낙인찍혔을 줄만 알았는데, 뜻밖에도 화내는 사람은 적었다. 평범한 로미오와 줄리엣은 이제 너무 식상한 데다가 막판의 내 참혹한 애드리브가 결과적으로는 먹힌 셈이 되었으므로, 집요하게 트집 잡는 사람은 없었다. 오히려 웃겨 죽을 뻔했다며 칭찬해준 녀석도 있었을 정도였다. 어쨌거나 다 끝난 일이다. 구태여 꼬치꼬치 물고 늘어지는 사람은 없었다.

유일하게 이의를 제기한 사람이라면 담임 요시에 선생님 정도였다.

"오카다, 아까 그건 좀……."

그렇게 잔소리를 늘어놓는 선생님을 무시하고 휴대폰을 받아 들었다. 영상 통화는 여전히 연결되어 있어 화면 속에는 웃는 얼굴의 마미즈가 있었다.

"봤어?"

ㅡ응. 여태까지 본 로미오와 줄리엣 중에서 제일 재미있

었어!

"과찬이십니다."

나는 드레스 차림으로 휴대폰을 들고 강당 밖으로 나갔다. 어쩐지 엄지공주처럼 작아진 마미즈를 손바닥에 데리고 다니는 기분이었다.

강당 바깥에서는 해가 뉘엿뉘엿 저물어가고 있었다. 계절은 어느새 가을로 접어들어 어스름이 내려앉는 시간도 빨라졌다.

"야, 줄리엣!"

돌아보자 카야마가 따라오는 모습이 보였다. 나처럼 아직 로미오 복장을 한 채로, 골판지로 만든 칼을 휘두르고 있었다. 이쪽으로 다가온 카야마가 내게 뭔가를 획 던져주었다. 받아보니 클렌징용 물티슈였다.

—아키라도 끝내줬어!

마미즈가 카야마를 발견하고 말했다.

"명연기였지?"

뻔뻔스럽게 그런 말이 잘도 나온다고 생각했다.

"오카다, 이따가 뒤풀이 갈 거냐?"

카야마가 관심 없다는 듯 시큰둥한 목소리로 물었다.

"관심 없는데."

클렌징 티슈로 얼굴을 닦으며 나는 대답했다. 그보다도

지금은 한시라도 빨리 마미즈를 보고 싶었다. 그게 솔직한 심정이었다.

—난 가고 싶어!

“잠깐, 그 말은…….”

—갔다 와, 타쿠야. 그리고 나중에 꼭 보고해줘.

“야…….”

—오늘의 주인공은 타쿠야 너잖아. 아 참, 여주인공인가? 그러니까 꼭 다녀와, 알았지?

그렇게 당부하고 마미즈는 전화를 뚝 끊어버렸다.

……설마 마음 써준 건가.

그렇다면 마미즈답지 않은 행동이다. 그런 배려를 바란 적은 없는데. 나는 마미즈를 만나고 싶었는데.

“야, 오카다.”

“왜?”

“저런 느낌인데 너 아직까지 미적대는 거냐?”

“무슨 말을 하고 싶은 건데?”

“널 좋아하잖아.”

“시끄러.”

결국 그날은 뒤풀이에 참석하기로 했다. 2차로 간 노래방에서 누군가 「청춘 따위 눈 깜짝할 사이」 같은 내용의 노래를 불렀다. 모두들 즐거워 보인다고 생각했다. 결국 적당한 타이밍에 자리를 뜨기로 했다. 시계를 보니 열한 시가 조금 넘었다. 병원에 갈까 잠시 고민했다. 하지만 바로 어제 오카자키 간호사에게 야단맞은 참이었다. 또 마미즈도 푹 쉬었으면 했다. 그래서 병원에는 내일 들르기로 했다.

집에 오자 불현듯 스노우 볼 생각이 났다. 그러고 보니 재료만 사다 놓고 그냥 방치해두었다. 어쩐지 심심하기도 해서, 마코토 아저씨가 준 책을 참고삼아 일단 내가 망가뜨린 스노우 볼 수리에 도전해보기로 했다.

우선 미리 사다 놓은 유리병 뚜껑에 미니어처 통나무집을 접착제로 붙였다. 그런 다음 유리병 본체에 물풀을 가득 부어넣었다. 그리고 그 안에 스노우 파우더라고 불리는 모형용 인공 눈을 집어넣었다. 내가 눈보라라고 생각했던 물건의 정체는 그것이었다.

마지막으로 뚜껑을 닫고 뒤집으면 완성이었다. 고작 10분 만에 모든 작업이 끝났다. 이렇게 간단히 만들 수 있을 줄은 몰랐기에 약간 놀랐다.

전처럼 둥근 수정구슬 같은 디자인이 아니라 평범한 유리병을 이용해서 만든 물건이다 보니, 다소 볼품없는 느낌이 들기는 했지만.

6

이튿날은 비가 내렸다. 그래서 우산을 쓰고 병원에 갔다. 우산꽂이에는 우산이 빼곡히 꽂혀 있었다. 요즘 감기라도 유행하나? 시험관 꽂이처럼 한 개씩 집어넣게 되어 있는 자물쇠 달린 우산꽂이에 곱게 끼워 넣기도 귀찮아, 대충 쑤셔 넣고 안으로 들어갔다. 다인실에서 1인실로 옮겨가면서 마미즈의 병실은 4층에서 6층으로 바뀌었다. 하지만 얌전히 엘리베이터를 기다릴 수가 없었다. 그 정도로 마음이 급했다. 가방에는 스노우 볼이 들어 있었다. 나는 한 걸음 한 걸음 계단을 올라갔다. 땀이 희미하게 배어 나왔다. 마치 소박한 수행 같다고 생각했다.

확실하게 말하자.

오늘이야말로 다시 한번, 확실하게 말하자.

힘겹게 6층까지 올라가서 마미즈의 병실 앞에 다다랐다.

문 앞에 뭔가 팻말이 걸려 있었다.

면회 사절.

그렇게 쓰여 있었다.

오싹했다. 말에 뒤통수를 얻어맞은 느낌이었다. 등줄기가 쫙 얼어붙었다. 거짓말이지? 하고 생각했다.

똑바로 서 있을 수가 없어서 그 자리에 쪼그려 앉았다.

숨이 가빠 왔다. 호흡 곤란에 빠질 것 같았다. 세상이 빙글빙글 돌고, 구역질이 났다. 한동안 그렇게 가만히 웅크리고 있었다.

안에서 무슨 일이 일어나고 있는 걸까 생각했다. 하지만 내가 들어간다고 해서 뭔가 해볼 수 있는 것도 아니었다. 그랬다가 혹시나 마미즈의 병세가 악화되기라도 하면 큰일이다. 그래도 어떻게든 지금 마미즈의 상태를 알고 싶었다.

오카자키 간호사가 있지 않을까 싶어 너스 스테이션에 가보았다. 바로 그저께도 왔다 갔건만, 병원 복도와 너스 스테이션의 풍경은 그때와 전혀 다르게 보였다. 그 광경이 내 눈에는 왠지 냉랭하게 비쳤다. 아무것도 달라지지 않았는데도 그렇게 느껴졌다.

"저기, 와타라세 마미즈 환자에 관해 여쭤보고 싶은데요. 어떤 상태인가요?"

하지만 오카자키 간호사는 그곳에 없었다. 비번인가? 아니면 바빠서 자리를 비웠나?

"누구신데 그러시죠?"

말문이 막혔다. 나는 마미즈의 뭐지? 그 관계를 설명할 적절한 표현을 찾을 수 없었다.

나는…….

"그냥…… 아는 사람인데요."

"와타라세 마미즈 양은 면회 사절입니다. 다음에 다시 찾아와주세요."

지극히 사무적인 대답이 돌아와, 나는 힘없이 발걸음을 돌렸다.

그렇다고 그냥 돌아갈 수 있을 리 없었다.

그래서 맥없이 고개를 떨군 채 마미즈의 병실 앞 벤치에 앉아 있었다.

이러고 있다 보면 오카자키 간호사가 다가와서 말을 걸어주지 않을까 했다. 하지만 오카자키 간호사는 끝내 나타나지 않았다.

불안하고 겁이 나서 죽을 것 같았다.

그러는 사이 밤 여덟 시가 지났다.

"이제 나가주셔야 할 시간이라……."

면회시간이 끝났으니 돌아가라고 다른 간호사가 축객령을 내렸다. 대답할 기운조차 없었다. 나는 말없이 터덜터덜 엘리베이터를 탔다.

가는 길에 휴대폰으로 마미즈에게 스무 번쯤 메시지를 보냈다.

[무슨 일이야?]

[괜찮아?]

[어디 아파?]

[살아 있지?]

[잘 있지?]

[잘 있다고 말해줘]

[야]

[마미즈]

[죽지 마]

[죽으면 안 돼]

[아직 내가 해주기를 바라는 일들이 있잖아]

[아직 많이 있잖아]

[죽어봤자 별거 없어]

[무(無)니까]

[따분하다고]

[같이 놀자]

[지금 편의점에서 컵라면 먹는 중이야]

[슬퍼도 배는 고프구나]

[그 사실이 슬퍼]

[이다음에 병원 빠져나가서 어디 놀러 가자]

[진작 그랬더라면 좋았을걸]

[그렇지?]

[인생을 즐겨야지]

[살아 있지?]

[살아 있어줘]

[제발]

[부탁이니까]

[살아 있어줘]

읽음 표시는 뜨지 않았다. 마미즈는 완전히 침묵했다.

한숨도 못 자고 뜬눈으로 밤을 지새웠다. 앞으로도 평생 이렇게 자지 않고 살 수 있지 않을까 하는 기분이 들었다. 속이 메슥거려서 토했다. 어제 먹은 컵라면이 나왔다. 마미즈 대신 내가 아프고 싶었다. 아니면 대신 죽고 싶었다. 마미즈가 없는 세상을 살아갈 각오가 서지 않았다.

집에 있어봤자 잠이 올 것 같지도 않았고, 학교에 갈 마음도 없었으므로 밖으로 나왔다. 수면 부족으로 정신이 몽롱했지만, 동시에 머릿속은 명료했다. 말로 표현하면 모순되어 보이지만, 내 안에서는 분명히 두 가지 느낌이 공존했다.

아침 주택가에는 인적이 없었다. 그 풍경이 쓸쓸하게 느껴졌다. 언제부터 이렇게 고독에 약해졌는지 스스로도 의아했다. 타인 따위 성가시기만 할 뿐이라고, 예전에는 그렇게 생각했건만. 사람이란 변하는 법이라고 냉정하게 생각했다.

전철을 타고 시내로 나가 오락실에서 좀비를 쏴 죽였다. 죽여도 죽여도 좀비는 끝을 모르고 습격해 왔다. 잡초처럼 왕성한 생명력이라고 생각했다. 결국 좀비에게 잡아먹혔으므로 레이싱 게임으로 이동했다. 화끈하게 들이받았는데도 나는 멀쩡히 살아 있었다. 나는 불사신이었다. 무슨 짓을 해도 죽지 않았다.

그러고 나서 혼자 스티커 사진을 찍었다. 점점 눈이 커져가는 내 얼굴을 보고 웃었다. 밖으로 나와서 라이터로 모조리 불태웠다. 담배 세 개비를 한꺼번에 피웠다. 연기 때문에 눈이 쓰라렸다.

횡단보도를 건너다가 불현듯 생각나서, 바로 옆에 서 있던 택시에 올라탔다. 그리고 바다로 가달라고 말했다. 택시비가 모자랄지도 모른다. 하지만 설령 그렇다 해도 상관없었다.

마미즈와 함께라면 틀림없이 뭘 하든 즐겁겠지만, 혼자 있으니 뭘 해도 슬프기만 했다.

바다에 도착했다. 아슬아슬했지만 택시비는 낼 수 있었다. 돌아가는 길이 문제이기는 하지만 그거야 어떻게든 되겠지. 정 안되면 히치하이킹이라도 하면 그만이다. 해본 적은 없지만.

철 지난 바닷가는 한산했다. 모래밭에 털썩 몸을 던졌

다. 모래투성이가 되었다. 가끔 지나가던 사람들이 나를 미친 사람 보듯 쳐다보았다. 상관없었다. 나는 우리 집 카펫 위에 드러누웠을 때처럼 모래 위를 데굴데굴 굴렀다. 시간 감각이 마비되었다. 깜빡 잠들었는지도 모르고, 아닌지도 모른다. 잠들었다 하더라도 아마 몇 초 정도가 아니었을까. 그렇게 저녁이 되고 밤이 되었다.

정신을 차리자 경찰관이 와서 내 얼굴을 들여다보고 있었다.

"너 괜찮니?"

"괜찮아요. ……저는 아직 정상입니다."

무표정으로 그렇게 대답했을 때, 전화벨이 울렸다. 화면이고 뭐고 확인해보지도 않고 무작정 받았다.

—미안, 어제 그만 잠들어버려서. 어떻게 된 거야? 메시지를 그렇게 잔뜩 보내고. 걱정했어?

마미즈의 음성이었다. 그 목소리에는 힘이 없었다.

"아, 미안. 왠지 감정이 격해지는 바람에."

—타쿠야?! 울어?!

마미즈가 화들짝 놀란 목소리로 물었다.

"시끄러. 울긴 누가."

나는 가까스로 그렇게만 대꾸했다.

이튿날 아침, 병실에 가보니 마미즈의 팔에는 뭔가 정체불명의 호스가 여러 개 꽂혀 있었다. 그래도 마미즈는 생각보다 괜찮아 보였다. 내가 안으로 들어가자, 마미즈는 바로 몸을 일으키고 이쪽을 보았다.

"요새 잠이 늘어서, 툭하면 잠들어."

마미즈는 그저께 내가 왔다 갔다는 사실을 모르는 걸까?

하지만 그런 문제는 중요하지 않았다.

"살아 있어서 다행이다."

웃음이 나려고 했다. 그게 내 솔직한 심정이었다.

만약 그 몸이 건강했더라면, 나는 마미즈에게 좀 더 이런저런 생각을 품었을지도 모른다.

좀 더 이러저러하게 해주면 좋겠다든가.

좋아해줬으면 한다든가.

잘해줬으면 한다든가.

거짓말은 하지 말아줬으면 좋겠다든가.

하지만 그런 바람들은 전부 무언가의 껍질처럼 한 겹 한 겹 벗겨져 나가, 그 끝에 남은 것은 그저 살아 있어주기만 하면 된다는 감정뿐이었다.

살아 있어주기만 하면 된다.

"왜 그래? 타쿠야."

나는 눈가에 살짝 힘을 주어 눈물을 참았다.

"가만있지 말고 뭐라고 말 좀 해봐."
"돈이 없어서."
"뭐? 지금 돈 달라는 거야?"
"아니. 택시 타고 바다에 갔다가 돈이 떨어지는 바람에 엄청 고생했다고."
"난데없이 바다에는 왜 갔는데?"
"수영이나 할까 했는데, 아무래도 추울 것 같길래 그만뒀어. 그리고 수상한 사람으로 찍혀서 경찰관한테 불심검문 당했어."
"타쿠야, 너 바보야?"
"그런가 봐. 파출소에서 돈 빌려서 집에 왔어."
"갚으러 가는 것도 일이겠다."
"그러게. 전철로 가면 꽤 먼데 말이야."
"타쿠야, 이리 와. 좀 들어봐."
마미즈가 손짓으로 나를 불렀다. 나는 마미즈의 침대로 다가갔다.
"응."
조금 긴장되었다.
마미즈의 팔이 뻗어와 나를 세게 잡아당겼다.
나는 쓰러지듯 마미즈의 가슴에 기댔다.
부드러운 감촉이 느껴졌다.

"뭐 하는 거야?"

나는 마미즈의 품에 안겨 있었다.

"들어보라고 하지 않았어?"

"응, 들어봐. 내 심장 소리."

귀를 기울이자 또렷이 들렸다.

"아직 멀쩡하게 뛰고 있지?"

나는 말없이 마미즈를 끌어안았다.

"앗, 잠깐만! 답답해~."

마미즈가 쑥스러운 듯 웃으며 말했다.

"놔줘, 변태! 치한!"

놔주고 싶지 않았다.

"타쿠야, 가슴이 답답해."

그렇게 말하며 마미즈가 나를 밀어냈다. 그 손에는 아직 힘이 있었다.

"있잖아, 상상해봐. 좋아하는 사람이 죽으면 괴로워. 힘들어. 잊을 수 없어. 그런 건 싫잖아? 나도 상상해봤어. 그러면 난 살 수가 없을 것 같아. 그러니까 그만하자, 응? 우리 이제 그만하자."

"시끄러워."

나는 마미즈의 눈을 바라보며 말했다.

"괴로워도, 힘들어도 상관없어. 죽어도 잊지 않아."

"그러지 마."

마미즈는 내 눈길을 피하며 고개를 수그렸다.

"좋아해."

더 이상 좋아한다는 감정을 외면하지 말자고 생각했다. 외면할 수 없다고 생각했다.

나는…… 우리는 이제 외면할 수 없다고 생각했다.

"그러면 안 돼."

마미즈는 내게서 눈길을 돌리고 뒤로 물러났다. 무언가를 겁내듯, 두려워하듯, 마미즈는 몸을 움츠렸다.

"어째서?"

나는 물었다. 마미즈는 오랫동안 말이 없었다. 시계를 보지 않았으니 몇 초였는지 아니면 몇 분이었는지는 알 수 없지만, 마치 세계가 정지한 것처럼 우리는 침묵했다. 미동조차 할 수 없었다.

이윽고 마미즈가 나를 보았다.

잠자코 나를 노려보았다.

나는 시선을 피하지 않았다.

우리는 계속 서로를 응시했다.

시선을 피해서는 안 된다고 생각했다. 지금 피해버리면 무언가를 잃게 될 거라고 생각했다.

마미즈는 화난 것처럼 나를 바라보았다.

무척 아름다운 눈이라고 생각했다.

그런 마미즈의 눈에서 눈물이 흘러나왔다.

한번 흐르기 시작하자, 댐이 무너지기라도 한 듯 눈물은 그칠 줄 모르고 하염없이 흘러나왔다.

나는 그래도 꼼짝하지 않고 마미즈를 응시했다.

그러다 마침내 마미즈가 불쑥 입을 열었다.

"나도 타쿠야 널 좋아하니까."

이대로 시간이 멈추었으면 좋겠다고 생각했다.

얼마 못 가 마미즈가 죽는다고 생각하니, 가끔씩 나도 그냥 죽어버릴까 하는 충동이 싹트고는 했다.

인간은 언젠가 반드시 죽는다. 늦든 빠르든 결국은 죽는다. 그렇다면.

지금 죽으나 나중에 죽으나 마찬가지 아닌가. 그런 생각이 들 때가 있었다.

마미즈가 죽은 후에도 이 세상은 변함없이 돌아간다는 잔인한 현실을 내가 견뎌낼 수 있을 것 같지 않았다. 전 인류가 한날한시에 태어나서 한날한시에 죽는다면 이토록 화가 나지는 않을지도 모른다고 생각했다.

세상은 잔인하다고 생각했다.

살아가는 의미를 모르겠다. 비단 어제오늘 일이 아니

라, 언제부터인가 나는 줄곧 그렇게 느껴왔다.

“너 요새 왠지 위험해 보이는데?”

쉬는 시간에 카야마가 내 얼굴을 들여다보며 말을 걸어왔다.

“내버려 둬.”

“뭔가 쓸데없는 생각을 하는 건 아니지?”

“쓸데없는 생각이라니, 무슨 생각?”

그렇게 받아치자, 카야마는 조개처럼 입을 다물어버렸다.

“뭐야, 당장 폭탄 들고 국회 의사당으로 돌진할 것처럼 보이기라도 해?”

“그래. 알몸으로 여학교에 쳐들어갈 것 같아.”

“동참할래?”

“불러만 다오.”

나는 피식 웃었다. 카야마도 덩달아 웃었다. 그러고 나서 말했다.

“카야마, 고맙다.”

“와타라세 마미즈하고는 어때?”

“어떡하고 말고 할 것도 없어. 그냥 막막해.”

그게 솔직한 심경이었다.

“그럼 어떻게든 해봐. 남자잖아.”

남녀하고는 상관없는 문제잖아. 그렇게 맞받아치고 싶

었지만, 그랬다가는 또 시답잖은 이야기로 흘러갈 것 같아 그만두기로 했다.

"어떡하면 좋을까?"

나는 별 기대 없이 물었다.

"옆에 있으면서 이야기를 들어주면 돼."

카야마가 뭔가 지극히 상식적인 이야기를 했다. 마치 평범한 커플에게 해주는 일반적인 조언 같았다.

"그래."

나는 그렇게만 대답했다.

우리는 날짜를 헤아려가며 하루하루를 보냈다. 마미즈의 컨디션은 좋아졌다 나빠졌다 기복이 심했다. 지난번처럼 면회 사절 상황이 되는 경우도 더러 있었다. 그래도 상태가 좋은 날이면 전처럼 생기발랄하게 이야기를 나눌 수 있었다. 마미즈는 더 이상 내게 죽기 전에 하고 싶은 일을 해달라고 부탁하지 않았다.

그래서 어느 날 한번 물어보았다.

"뭐 하고 싶은 일 없어?"

"으음, 그럼…… 키스해보고 싶어."

마미즈가 대답했다.

"그 말은 평소처럼 내가 마미즈 대신 누군가와 키스하

고 오면 된다는 거지?"

"맞아. 가서 타쿠야 네가 하고 싶은 사람이랑 네 멋대로 키스하고 오면 돼! 앗, 아니 잠깐만! 꺄악~!"

나는 마미즈를 내리누르며 억지로 키스하려 했다. 마미즈는 마구 버둥거리며 저항했다.

"안 돼! 아직 일러!"

그렇게 외치는 소리가 들려왔다. 그 격렬한 저항에 나는 결국 포기하고 말았다.

"좋아해, 타쿠야. 그동안 미안했어."

마치 키스에 실패한 나를 위로하듯 마미즈가 말했다.

"있잖아, 조금 더 빨리 이렇게 솔직해졌더라면 좋았을까? 아무래도 좀 늦었지?"

"아니…… 아마도 우리에게는 필요한 일들이었을 거야. 그런 과정을 거치지 않았더라면 조금 다른 관계가 됐을지도 몰라. 지금하고는 다른 느낌이 됐을지도 몰라. 그러니까 괜찮아."

"저 못생긴 스노우 볼처럼?"

마미즈가 웃으며 침대 옆에 놓인 스노우 볼을 가리켰다. 유리병으로 제작한 타쿠야표 스노우 볼이다. 그 안에는 예전 것과 똑같은 미니어처 통나무집이 들어 있었다.

"마음에 안 들어?"

"볼품없기는 하지만…… 사랑이 느껴진달까?"

최근 들어 밤잠을 설치는 일이 늘어났다.

그래서 대신 수업 시간에 밀린 잠을 보충했다. 그렇게 낮에 잠만 자다 보니, 완전히 밤낮이 뒤바뀌고 말았다.

한밤중에 잠에서 깼다. 시계를 보니 새벽 두 시였다. 잠든 지 아직 한 시간도 지나지 않았다. 다시 자려고 해봐야 소용없을 듯했다.

아무것도 할 일이 없어서 청소를 시작했다.

꼭 청소가 아니라도 집중해서 머리를 비울 수 있게 해주는 일이라면 뭐든지 상관없었다.

방에는 필요 없는 물건들만 가득했다. 싹 버려버리기로 마음먹었다.

책상 서랍 안쪽에서 밧줄이 나왔다.

그 밧줄은 내가 메이코 누나 방에서 빼내어 내 방에 숨겨둔 물건이었다.

메이코 누나는 남자 친구가 교통사고로 죽고 나서부터 차츰 우울해하는 일이 늘어났다.

그래도 내 앞에서는 비교적 밝게 행동하려고 노력하던 모습을 기억한다.

당시 나는 중학교 1학년이었으니, 누나 입장에서는 고민거리를 터놓고 상담할 상대로는 너무 어리다고 생각했는지도 모른다.

하지만 나는 그런 누나가 걱정스러웠다.

어느 날 방에 들어가니 메이코 누나가 이상한 행동을 하고 있었다.

밧줄을 묶어서 고리를 만들고 있었다.

"뭐해?"

"노크 좀 해, 타쿠야."

누나가 화난 기색으로 쏘아붙였다.

"그걸로 뭐 하려고?"

"오늘 본 거, 엄마하고 다른 사람들한테는 비밀이야. 절대로 말하면 안 돼."

"왜?"

"인간의 존엄에 관련된 문제니까."

메이코 누나가 한 말의 의미를 당시의 나는 제대로 이해하지 못했다.

단지 누나의 표정이 너무나도 진지했으므로 그저 알겠다고 대답할 수밖에 없었다.

말의 의미는 몰랐지만, 그렇다고 밧줄의 의미까지 모르지는 않았다.

다음 날 메이코 누나는 찻길을 건너다가 승용차에 치여 죽었다.

신호등조차 없어 차들이 쌩쌩 내달리는 간선 도로를 뛰어서 피해가며 건너려 했다고 들었다.

어째서 그렇게 무모한 짓을 했는지는 아무도 알지 못했다.

다만 누나의 경야를 치르기 전에 나는 문득 그 밧줄의 존재를 떠올렸다. 누나 방으로 들어가 밧줄을 찾아내서 내 방에 감추었다. 아무에게도 말하지 않았다. 아무에게도 말해서는 안 될 이야기처럼 느껴졌기 때문이다. 카운슬러에게 털어놓는 것은 애초에 논외였다.

이제는 메이코 누나가 이야기했던 존엄이라는 말의 의미를 조금은 이해할 수 있을 것 같았다.

누나가 만들어놓은 밧줄 고리 속으로 살며시 목을 집어넣어 보았다.

그 상태로 잠시 눈을 감고 자리에 누웠다.

이대로 잠들면 꿈속에서 누나를 만날 수 있을 것 같은 기분이 들었다.

메이드 카페 아르바이트는 그만두기로 했다. 이제는 전혀 의욕이 없어 일하는 데 집중도 되지 않았고, 민폐만 끼치리라 생각했다. 하지만 가장 큰 이유는 마미즈와 보내는 시간을 소중히 하고 싶었기 때문이다.

하지만 막상 오너에게 아르바이트를 그만두겠다는 뜻을 전하고 나자, 불현듯 내 가슴속에서 서글픈 감정이 피어올랐다. 남은 날들을 소중히 하고 싶어서라니. 그런 이유로 아르바이트를 그만둔다는 선택을 했다는 것 자체가 이미 마미즈의 죽음을 기정사실로 받아들인 느낌이었다. 그렇게 생각하자 왠지 머릿속이 복잡해졌다.

마지막 근무를 마치고, 그날도 평소처럼 리코짱 선배와 함께 퇴근하게 되었다.

"괜찮아?"

선배는 가는 내내 서른 번쯤 그런 질문을 했다. 그쯤 되자 아무래도 슬슬 성가시게 느껴지기 시작했다. 하지만 내가 어지간히 심각해 보이는 모양이구나 생각하니 딱히 면박을 줄 마음은 나지 않았다.

"괜찮아요."

오히려 미안하다는 심정이 앞섰다.

신호등이 파란불에서 빨간불로 바뀌었다. 그 사실을 눈치채지 못했다. 나도 모르는 사이 구부정하게 고개를 숙이고 걷는 습관이 생겼기 때문이다. 먼저 길을 건너간 리코짱 선배가 이쪽을 돌아보며 말했다.

"오카다, 빨리 건너지 않으면 위험해."

주위를 둘러보니 오가는 차는 많지 않았다. 승용차 한 대가 다가오고 있을 뿐이었다.

"괜찮아요."

나는 어쩐지 몸에 힘이 들어가지 않아 멍하니 그 승용차를 바라보기만 했다.

그러다 불현듯 그 차가 메이코 누나를 친 것과 같은 차종이라는 사실을 깨달았다.

그 순간, 갑자기 무언가가 내 의식 속으로 훅 파고드는 느낌이 들었다.

조금만 더 이대로 있으면 메이코 누나의 마음을 알 수 있을 것 같은 기분이 들었다.

한 발짝도 움직일 수 없었다.

마치 가위에 눌린 느낌이었다.

"—!!!"

리코짱 선배가 뭔가 날카롭게 부르짖는 소리에 퍼뜩 정신이 들었다. 정신을 차려보니 눈앞에 선배가 있었다. 나와 차 사이를 가로막듯 몸을 내던진 것이다.

"멈춰!!"

차는 급제동을 걸어 선배를 들이받기 직전에 정지했다.

리코짱 선배는 나를 질질 끌고 반쯤 우격다짐으로 인도로 데려갔다.

리코짱 선배가 무시무시한 눈으로 나를 노려보았다. 뭔가 한소리 듣겠구나 싶었다. 어떤 말을 들어도 싸다고 생각했다. 하지만 선배는 아무 말도 하지 않았다. 그리고 손을 들었다. 따귀를 맞을 각오를 했지만, 그런 일은 없었다. 대신 선배는 내 뺨에 손을 얹었다.

선배는 울고 있었다.

왜 우는 걸까 생각했다.

"오카다, 넌 마음이 망가졌어."

그 말을 남기고 리코짱 선배는 내게서 등을 돌리고 총총히 걸어가 버렸다.

나는 한동안 넋을 놓고 한밤중의 인도에 우두커니 서 있었다.

7

마미즈는 점차 말수가 줄어들었다. 이제는 이야기하기도 힘겨워하는 느낌이 났다.

그리고 마미즈는 때때로 내게 신경질을 부리기 시작했다. 사소한 일로 내게 시비를 걸었다. 그럴 때마다 "역시 앞으로는 오지 마." "끝내자."라고 말했다. 그런 대사는 이제 입버릇이나 다름없었다. 나는 그 말에 이렇다 할 반응을 보이지 않았다.

또 마미즈는 그전과는 달리 자주 울었다. 어쩌면 그동안 내 앞에서는 가급적 울지 않으려고 노력해왔는지도 모른다. 내게 신경질을 부리게 된 것 역시 약한 모습을 내비치는 데 거리낌이 없어졌기 때문인지도 몰랐다. 그렇게 생각하니 신기하게도 나쁜 기분은 들지 않았다.

"병으로 죽는 것도 억울하니까, 타쿠야 너한테 죽여달라고 할까?"

그날따라 마미즈는 컨디션이 좋았다. 게다가 기분도 좋았다. 요 근래 들어서는 보기 드물게 수다스러웠다.

"이 나이에 감방 신세를 지고 싶지는 않은데."

"그럼 우리 동반 자살할까? 타쿠야, 나랑 같이 죽어줄래?"

마미즈가 그렇게 웃을 수 없는 농담을 했다.

"그래. 어떤 식으로 죽고 싶은데?"

"익사는 좀 진부한 느낌이지?"

"꼭 참신해야 할 필요가 있어?"

"목을 매는 건 어때?"

그 광경을 상상해보았다. 우리 둘의 시체가 대롱대롱 매달려 있다. 뭔가 우스꽝스럽다고 생각했다.

"아, 그럼 투신은 어떨까?"

둘이서 동시에 하늘에서 뛰어내린다. 그것도 역시 우스꽝스러웠다. 로맨틱하다기보다는 무슨 필살기 같은 느낌이 났다. 더블 어쩌고 버스터 같은 식으로.

"할복은?"

나는 그렇게 제안해보았다.

"왠지 너무 본격적이지 않아? 게다가 그거, 참수인이라고 해서 마지막으로 숨통을 끊어주는 사람이 필요해. 그럼 어느 한쪽은 못 죽잖아. 또 미수에 그치면 무지하게 아플걸? 난 좀 더 부담 없는 게 좋아."

"동사는?"

"얼어 죽을 만한 데가 있어?"

"설산(雪山)은 어때?"

"멀어!"

"냉장고는?"

"둘이 같이 들어갈 만한 게 있으려나?"

"업무용이어야겠네."

"응, 업무용을 찾아보자."

하지만 그런 농담을 주고받으면서도 나는 어딘가 마음이 편치 않았다.

사실은 더 알기 쉽게 제멋대로 억지를 쓰며 웃어주기를

바랐다.

처음 만났을 때처럼 내게 벌칙 게임 못지않은 황당한 요구를 하고, 쩔쩔매는 모습을 보면서 깔깔 웃어주기를 바랐다.

"뭔가 또 죽기 전에 하고 싶은 일은 없어?"

나는 물었다.

"그럼 마지막으로……."

마미즈는 내 얼굴을 똑바로 쳐다보며 입을 열었다. 마지막이라는 말에 나는 가슴이 덜컥 내려앉았다.

"죽으면 어떻게 되는지 알고 싶어."

그 말을 듣자, 내 안에 불현듯 어떤 아이디어가 떠올랐다.

카야마에게 도움을 받았던 그날의 기억이 머릿속을 맴돌았다.

그때부터. 죽지 않았을 때부터, 나는 줄곧.

살아 있어도 죽은 것 같은 느낌이 들었다.

그러니 더없이 좋은 방법이라는 생각이 들었다.

"마미즈, 오늘 밤에 한 번 더 올게."

나는 병실을 나섰다. 마미즈는 의아한 표정을 지었다. 영문을 모르겠다는 표정이었다. 이제 곧 알게 될 거야. 나는 마음속으로 그렇게 대꾸했다.

일단 집으로 돌아가서 차분하게 생각을 정리해보았다. 하지만 그것은 충동적으로 내린 결정이 아니었다. 그러므로 결심은 흔들리지 않았다. 그게 가장 좋은 방법이라고 판단했다.

누나의 불단 앞에서 합장했다.

메이코 누나.

누나가 죽고 나서 왜 죽었을까 수도 없이 생각했어. 백 번은 생각했어.

하지만 그 마음을 전혀 이해할 수 없었다. 바보 같다고 생각했다. 죽는 심정 따위 짐작조차 할 수 없었다. 남매라지만 타인은 타인이니 어쩔 수 없다고 포기한 적도 있었다. 그래도 알고 싶었다.

연인이 죽어서 누나도 죽은 것이라면 당시의 내가 그 심정을 알 수 있을 리 없었다. 왜냐하면 남을 좋아해본 적도 없었거니와, 소중한 사람의 죽음에 대해 진지하게 고민해본 적도 없었으니까.

하지만 이제는 알겠어.

그 절망의 의미를 알겠어.

―사랑하는 이가 죽었을 때는 자살하지 않으면 안 됩니다.

얼마 전에 나도 차에 치일 뻔한 일이 있었어.

그때서야 겨우 누나의 마음을 알게 된 느낌이 들었어.

“너 언제까지 누나한테 손 모으고 있을 건데?”

엄마 목소리에 현실로 돌아왔다. 부지런히 음식을 나르며 상을 차리는 모습이 눈에 들어왔다.

“도와줄게.”

그렇게 말하고 나도 엄마 옆에 섰다.

“웬일이야? 뭔가 수상한데?”

저녁 반찬은 카레라이스였다. 메이코 누나가 좋아했던 메뉴였다. 누나가 죽은 후에도 엄마는 거의 매주 꼬박꼬박 카레를 만들었다.

“우리 집 카레 말이야, 좀 이상하지 않아?”

내 말에 엄마가 서운한 표정을 지었다.

“왜냐면 맨날 해물이잖아. 보통 고기 아냐? 메이코 누나 취향인가?”

그렇게 덧붙이자, 엄마는 웃으며 대답했다.

“사실은 내가 좋아해서 그래.”

처음 듣는 이야기였다.

“너희 아빠, 카레 싫어하잖니? 그래서 네 누나가 태어나기 전에는 아무래도 식탁에 올리기가 껄끄러웠어. 하지만 네 누나는 엄마를 닮은 모양이야. 걔도 해물을 좋아했거든. 그래서 당당히 식탁에 올릴 수 있게 된 거지.”

“한마디로 그냥 엄마가 먹고 싶어서 계속 만들었다는

소리야?"

"빙고."

그렇게 대답하며 엄마는 장난스럽게 웃었다.

"더 줘."

솔직히 배가 불렀지만, 나는 엄마에게 그렇게 말했다.

"직접 갖다 먹으면 되잖니."

핀잔과 함께 엄마가 한 그릇 더 퍼다 주었다.

"있잖아, 엄마."

나는 그 카레를 먹으며 입을 열었다.

"나 이제 괜찮으니까."

엄마는 한순간 영문을 모르겠다는 표정을 지었다. 그러다 이윽고 이해한 얼굴이 되었다.

속마음을 전부 털어놓기는 어려웠으므로 그런 식으로밖에 표현하지 못했다.

"정말?"

엄마는 어쩐지 기쁜 표정으로 물었다. 그 얼굴을 보자 가슴이 저릿하게 아파 왔다.

"응, 괜찮아."

식사를 마친 후 샤워를 하고 이를 닦고 흰색 셔츠로 갈아입었다.

그리고 베란다로 나와서 카야마에게 전화를 걸었다.

—뭐야?

"전학 가게 됐어."

이번에도 역시 나는 전부 다 털어놓지는 못했다.

—뭐? 난데없이 웬 전학?

"아버지가 전근 가게 돼서."

—어디로 가는데?

"어디일 것 같아?"

—해외냐?

"족집게인데?"

용케 알아맞혔다는 말투로 나는 대꾸했다.

—심심해지겠네.

"카야마, 그동안 고마웠다."

그렇게 말하자 잠시 침묵이 흘렀다.

—그거 거짓말이지?

카야마는 대뜸 그렇게 단언했다.

—오카다, 너 지금 어디 있어?

나는 전화를 끊고 전원도 껐다.

그리고 카메노스케에게 먹이를 듬뿍 주었다. 카메노스케는 변함없이 졸려 보이는 얼굴로 태평하게 나를 바라보며 수조 속을 배회하고 있었다. 다음 생에는 거북이로 태어나고 싶다고 생각했다. 다음 생 따위 없다고 생각하면서도 그런 마음이 들었다.

밤 열 시 넘어서 집을 나섰다.

"이 시간에 어딜 가니?"

걱정스러운 목소리로 엄마가 나를 붙잡았다. 무언가 눈치챈 것이 있었는지도 모른다.

"잠깐 요 앞에."

나는 집을 나섰다.

늦은 밤, 마미즈의 병실로 숨어들었다. 안으로 들어가니 마미즈는 숨죽인 채 나를 기다리고 있었다.

"기다렸잖아, 타쿠야."

나는 병실 구석에 놓인 휠체어를 침대 옆으로 밀고 왔다. 요새 마미즈는 체력이 크게 떨어져 걷기조차 힘들어하는 느낌이었기 때문이다.

"어디 가려고?"

"옥상."

"근데 여기 엘리베이터는 7층까지라서, 옥상까지는 못 올라가."

그러니 휠체어는 쓸 수 없다는 뜻으로 마미즈가 말했다.

"업어줄래?"

마미즈의 목소리에서는 약간 두근거리는 기색이 묻어

났다. 그래서 나도 두근거리기 시작했다.

지금껏 여자아이를 업어본 적은 한 번도 없었으므로 자신은 없었지만, 이제 와서 허둥거리거나 실패해서야 체면이 서지 않는다. 그래서 나는 대수로울 것 없다는 식으로 침대 옆에 쪼그려 앉아 마미즈에게 업히라는 신호를 보냈다.

"읏차."

마미즈가 매달리듯 내 등으로 펄쩍 뛰어내렸다. 순간적으로 장난치는 건가 했지만, 이내 더 이상 내게 충격이 가지 않도록 사뿐히 업힐 체력이 없어서임을 깨달았다.

병실 문을 열고 복도로 나왔다.

적군, 즉 우리를 가로막을 간호사의 모습은 보이지 않았다. 작전 속행이다.

복도 모퉁이를 돌아 계단으로 접어들었다. 한 발 한 발 신중하고 조심스럽게 올라갔다.

마미즈가 말없이 나를 꼭 끌어안았다.

더없이 행복하다고 생각했다.

슬픔 따위는 없었다.

나는 이 시간을 위해 태어났다는 느낌마저 들었다.

너무나도 짧은 그 시간에 애틋함을 느끼며 옥상으로 가는 계단을 올랐다.

그리하여 마침내 도착했다.

지난번 천체 관측 이후로 처음 와보는 병원 옥상이었다.

"깜깜하다."

마미즈가 내 귓가에 대고 읊조리듯 속삭였다.

눈앞으로 구름 없이 맑은 밤하늘이 펼쳐졌다. 새까만 밤하늘에 달과 별이 반짝였다. 가을이라 그런지 달이 지난번보다 아름답게 보였다.

콘크리트가 고스란히 노출된 옥상 바닥을 한 발짝 한 발짝 지르밟듯 걸었다.

"아!"

마미즈가 무언가에 놀란 듯 나지막이 탄성을 질렀다.

동시에 나는 등 뒤가 밝아지는 것을 느꼈다.

"나 진짜 환하게 빛나네."

뒤돌아보니 마미즈의 몸은 이제 상당히 밝게 빛나고 있었다.

발광병 특유의 인체 발광 현상은 달빛을 쬐면 빛이 나고, 병세가 진행됨에 따라 그 빛은 차츰 강해져간다. 지난번 천체 관측 때 본 것과는 비교도 안 될 만큼, 마미즈의 몸에서는 강렬한 빛이 흘러나왔다.

"반딧불 같아서 예쁘지?"

마미즈는 쑥스러운 기색으로 그렇게 말했다.

"우주에서 가장 예뻐."

벤치에 마미즈를 앉혔다.

"바람이 상쾌해."

마미즈의 긴 머리카락이 불어오는 산들바람에 실려 부드럽게 나부꼈다.

"타쿠야, 널 만난 건 정말 큰 행운이었어."

캄캄한 어둠 속에서도 빛나는 마미즈의 표정만큼은 똑똑히 보였다. 아득히 먼 달과 별보다도 또렷이 보였다.

"이제는 정말 아무것도 여한이 없어."

마미즈가 충만하고 평화로운 표정으로 말했다.

완전히 죽음을 받아들인 사람의 얼굴이라고 생각했다.

"하지만 나한테도 없어, 아무것도."

진심으로 그렇게 생각했다.

"타쿠야, 넌 나하고는 달라."

"다르지 않아."

내 인생은 이제 무(無)니까.

"달라야 해."

마미즈는 슬픈 표정을 지었다.

나는 손가락으로 살며시 마미즈의 눈을 감겼다.

"뭐 하는 거야?"

"그대로 가만히 있어. 내가 떠도 된다고 할 때까지 눈

뜨지 말고. 알았지?"

"……응."

지금부터가 본무대였다.

나는 서둘러 옥상 구석으로 향했다. 그리고 추락 방지용 난간을 훌쩍 뛰어넘었다. 눈앞에는 칠흑 같은 어둠만이 가득했다. 여기는 9층이다. 그러니 확실하다. 2층하고는 차원이 다르다.

이제 몇 발짝만 내디디면 나는 환상적인 점프를 성공시킬 수 있다. 예전의 카야마는 발끝에도 못 미치는 진정한 점프를 성공시킬 수 있다. 나는 다시 아슬아슬한 위치까지 다가갔다. 딱 반 발짝만 더 가면 추락하는 곳까지 가서 뒤돌아보며 소리쳤다.

"눈 떠, 마미즈!"

마미즈가 눈을 떴다. 그리고 나를 보더니 당황한 기색이 역력한 표정을 지었다.

"뭐…… 하는 거야?"

마미즈는 어안이 벙벙한 표정으로 나를 바라보았다.

"난 이제 죽을 거야."

나는 미친 걸까? 그렇지 않다고 생각했다.

미친 것은 내가 아니라 마미즈가 죽어가는 이 세상이라고 생각했다.

"죽으면 어떻게 되는지, 마미즈 네게 가르쳐줄게."

"……무슨 바보 같은 소리야?"

"죽음 따위 무섭지 않다는 걸 네게 가르쳐주겠어."

"무섭지 않을 리 없잖아."

마미즈가 떨리는 목소리로 말했다.

"무섭지 않을 리 없잖아! 무서운 게 당연하잖아! 나만 해도 사실은 아직 무서워서 견딜 수가 없는데!"

"나는 살아 있는 게 훨씬 더 무서워."

나는 말했다.

"살아서, 예컨대 차츰 잊어갈 내가 무서워. 너의 웃는 모습을, 목소리를, 그 격렬한 희로애락의 표현을, 네가 숨을 들이쉬고 내쉬는 방식을 잊어버리는 대신, 영어 단어라든가 별 볼 일 없는 같은 반 애들의 이름, 새로운 길, 그리고 나중에는 명함 건네는 법 같은 것들을 기억해가게 될 내가 무서워. 예컨대 살다 보면 네가 죽은 후에 인생이란 것도 꼭 그렇게 나쁘지만은 않을지 모른다고 생각하는 순간이 올지도 몰라. 그 사실이 무서워."

"그런다고 죽어?"

"난 줄곧 살아 있다는 데 죄책감을 느꼈어."

메이코 누나가 죽은 다음부터, 줄곧.

"이 세상이 잔인하다고 생각해본 적 없어? 나는 늘 생각해. 매일 끊임없이 사람이 죽고, 새 생명이 태어나. 죽은 사람은 잊히고, 모두가 밝은 미래로 눈길을 돌려. 소중한 사람이 죽어. 그래도 세상은 계속되어가. 이보다 더 잔인한 일이 있을까? 난 그런 세상을 견딜 수 없어. 견디고 싶지도 않아."

"타쿠야! 정신 나갔어?"

"마미즈는 내가 죽는 모습을 보고, 죽으면 어떻게 되는지 지켜봐 줘. 죽음에 관심이 있다며? 나도 마찬가지야. 그래서 계속 너에게 끌렸는지도 몰라. 난 너보다 먼저 죽고 싶어."

그리고 나는 마미즈에게 등을 돌렸다.

짙은 어둠에 점점 눈이 익숙해졌다.

아래를 내려다보자 아득할 만큼 멀리 콘크리트 바닥이 보였다. 9층이란 꽤나 높은 층수라는 생각이 들었다. 이 정도 높이라면 백 퍼센트 즉사겠지.

카야마, 너보다 훨씬 멋진 점프를 성공시키고 말 테다.

이제야 비로소 메이코 누나의 진짜 마음을 알 수 있으리라 생각했다. 점점 더 누나와 가까워져가는 느낌이 들었다.

다리가 떨렸다.

뒤에서 철그렁 소리가 났다.

난간이 흔들리는 소리였다.

놀라서 뒤돌아보았다. 믿을 수가 없었다.

바로 옆 난간 너머에 마미즈가 있었다.

이제는 걸을 힘도 없으련만.

혼자 힘으로 엉금엉금 기다시피 해서 여기까지 와 있었다.

"아무래도 상관없어."

마미즈는 말했다.

"죽으면 어떻게 되는지, 그딴 건 아무래도 상관없어."

나는 혼란에 빠졌다.

아무래도 상관없다고?

상관없을 리 없잖아.

마미즈는 얼마 못 가 죽는다. 그게 가장 궁금할 수밖에 없다. 누구나 그렇다. 건강한 나조차도 그렇다. 죽고 나면 어떻게 되는지 알지 못해서 두려워한다.

"아무래도 상관없다는 사실을 방금 깨달았어. 계속 생각해왔어. 하지만 아니야. 네 덕분에 겨우 깨달았어."

거짓말이라고 생각했다. 마미즈는 지금 거짓말을 하고 있다. 그저 나를 말리고 싶을 뿐이다.

"나 사실은 예전부터 알고 있었어. 타쿠야 네가 곧 죽을 나를 동경해왔다는 거."

두 손을 바닥에 대고 엎드려 있던 마미즈가 난간을 붙

잡고 비틀비틀 몸을 일으켰다. 그리고 난간에 체중을 싣는 형태로 힘겹게 서 있었다. 그 모습을 보자 나는 가슴이 미어지는 것만 같았다.

"늘 걱정스러웠어. 하지만 참견할 수 없었어.

남의 절망을 이해하기는 불가능하다고 생각했으니까.

타쿠야 너의 절망과 나의 절망은 달라.

나의 절망이 죽어가는 사람의 절망이라면, 너의 절망은 살아남은 사람의 절망이라고 생각했으니까.

완전히 동떨어진 감정이라고 생각했어.

나는 죽음을 받아들이려고 계속 필사적으로 몸부림쳤어.

그게 세상의 섭리라고 나 자신을 설득하려 했어.

죽지 않는 사람은 없다고.

삶에 대한 집착을 하나씩 줄여나가고 싶었어.

그래서 『죽기 전에 하고 싶은 일』 리스트를 만들었어.

하지만 지독하게 고통스러웠어. 이렇게 고통스러울 바에야 차라리 태어나지 않는 편이 나았을 거라고 생각했어.

이런 식으로 죽을 바에야 태어나지 않았으면 좋았을 텐데, 수도 없이 그렇게 생각했어.

태어나서 많은 일들을 경험하고 누리게 해놓고, 그 모든 것을 송두리째 박탈하고 빼앗고 결국 죽게 하다니, 신이 있다면 아마 피도 눈물도 없는 사이코패스 같은 존재

일 거라고 생각했어.

인생 전체가 후회의 대상이었어. 즐거웠던 기억, 행복했던 기억들이 증오스럽고 원망스럽고 속상했어. 그만큼, 그래서 나는 괴로웠어.

처음부터 무(無)였더라면 좋았을 텐데.

처음부터 끝까지 무였더라면 좋았을 텐데.

삶을 모르면 죽음의 고통을 맛볼 필요도 없었을 텐데.

나는 줄곧 무가 되고 싶었어. 무에 가까워지고 싶었어.

인생 전체를 없었던 일로 하고 싶었어.

이 세상에 대한 흥미를 잃고 싶었어.

하지만 그런 저를 바꿔놓은 사람이 있었습니다.

바로 당신이었습니다.

다른 것은 다 포기할 수 있어도 당신만은 포기할 수 없었습니다.

계속 포기하려고 애썼는데도.

저는 미쳤는지도 모릅니다.

나 자신보다도 당신이 더 소중하다니.

당신이 죽어 이 세상에 없는 미래를 방금 상상해보았습니다.

그것만큼은 있을 수 없는 일이라고 생각했습니다.

그 순간 저는 제가 아직 이 세상에 기대하는 것이 있음을 깨달았습니다.

당신이 살아 있는 세상과 죽은 세상은 완전히 다르다고 생각했습니다.

그리하여 저는 그동안 줄곧 봉인해두었던 제 안의 욕망에 눈을 떴습니다.

나는 살고 싶었다.

나는 살고 싶다.

더 살고 싶다.

쭉 살고 싶다.

백년 천년 만년 살고 싶다.

영원히 살고 싶다.

죽으면 어떻게 되는지 따위 관심 없어!

나는 그저 살고 싶을 뿐이야.

살고 싶어, 타쿠야.

너 때문에 나는 이제 살고 싶어서 참을 수가 없어.

그러니 그 책임을, 이제 곧 죽을 사람에게 그런 마음을 품게 한 책임을, 확실하게 져주세요."

마미즈의 목소리가 바로 옆에서 들려왔다. 그 목소리는 어두운 옥상에 낭랑하게 울려 퍼졌다. 맑고 투명한 목소리였다.

"저의, 와타라세 마미즈의 진정한 마지막 소원을 오카

다 타쿠야에게 이야기하겠습니다. 들어주세요."

마미즈는 비장한 표정으로 나를 향해 말했다.

"저는 앞으로도 계속 살아간다면 어떻게 될지 알고 싶습니다.

제가 죽은 후의 세계가 어떤 식으로 계속되어갈지, 흥미진진하고 두근두근해서 가슴이 터질 것 같습니다. 그런 마음을 품게 된 까닭은 당신을 만났기 때문입니다.

널 만나기 전까지 나는 내가 죽으면 세상도 끝이라고 생각했어. 죽어서 무로 돌아가면 세상이 있든 없든 나는 인식할 수 없으니까. 그게 세상의 끝이라고 생각했어.

하지만 그렇지 않다는 사실을 깨닫게 해준 사람이 바로 당신입니다. 타쿠야, 당신이 존재하는 이 멋진 세상의 미래가 저는 궁금해서 견딜 수가 없습니다. 그러니……."

마미즈는 한 번 크게 숨을 들이쉬고, 단번에 내쉬듯 입을 열었다.

"저 대신 살아서 가르쳐주세요. 이 세상 구석구석까지, 많은 일들을 보고 듣고 체험해주세요. 그리고 당신 안에서 계속 살아가는 저에게 삶의 의미를 가르쳐주세요."

나는 저도 모르게 빨려 들어가듯 옥상 끄트머리에서 난간 쪽으로 다가섰다. 죽음에서 삶으로 다가섰다.

나의 패배였다.

나는 와타라세 마미즈에게 진 것이다.

"내 마지막 부탁, 들어줄래?"

마미즈의 입술이 바로 눈앞에 있었다.

나는 망설임 없이 마미즈에게 키스했다.

마미즈는 바로 입술을 떼고 내 눈을 바라보았다.

그리고 이번에는 마미즈가 먼저 키스했다.

좋아해.

사랑해.

나는 마미즈에게 수없이 그렇게 말했다.

***

그 후 와타라세 마미즈는 14일을 더 살았다.

그리고

이제

곧

봄이 온다

endless season

혼자 놀이공원에 오는 일 따위 다시는 없을 줄 알았는데, 와버리고 말았다.

남들의 시선은 신경 쓰이지 않았다.

곧바로 롤러코스터를 타러 갔다.

평일의 놀이공원은 한산했다.

두 사람 몫의 요금을 낼 테니 옆자리를 비워놓아 주지 않겠느냐고 직원에게 부탁했다. 잠시 실랑이가 벌어졌지만, 사정을 진술하고 예의 바르게 설명하자 허락해주었다.

롤러코스터가 느릿느릿 꼭대기로 올라갔다. 여전히 적응하기 힘든 불쾌한 감각이었다. 역시 내가 롤러코스터를 좋아하게 되는 일은 평생 없을 듯했다.

이윽고 롤러코스터가 급강하를 시작했다.

나는 소리 없는 비명을 내질렀다.

『친애하는 오카다 타쿠야 님.

당신은 어떤 심정으로 이 음성을 듣고 있을까요. 저로서는 상상조차 가지 않습니다.

마음 같아서는 손 편지나 영상 편지를 남기고 싶었지

만, 기운이 없어서 그러지 못했습니다.

음성이라면 그나마 누워서도 녹음할 수 있을 것 같았습니다.

사실은 죽기 전에 둘이 함께 어딘가 놀러 가고 싶었습니다. 하지만 그 이야기를 하면 타쿠야를 상처 입히고 말 것 같다고 생각했습니다. 아니, 그 누구보다도 제 자신이 상처 입고 말겠지요. 그래서 무서워서 말하지 못했습니다.

타쿠야, 너랑 같이 놀이공원에 가고 싶었어.』

* * *

그때 나는 집에서 미니어처 제작에 열을 올리고 있었다.

마미즈가 죽기 전에 하고 싶은 일을 적어둔 노트를 나는 그날 밤 넘겨받았다. 나중에 부모님 눈에 띄면 창피하다는 이유에서였다. 집에 와서 자세히 살펴보니, 노트에 적힌 내용 중에는 내가 아직 하지 않은 일들도 있었다. 그 중에서도 특히 눈길을 끄는 항목이 있었다.

새 스노우 볼을 만들고 싶다.

이런 거→→→

노트에는 인생의 어느 특정 장면을 묘사한 낙서가 들어 있었다. 잘 그렸다고는 입이 찢어져도 말 못 하지만, 그래도 그 그림이 무엇을 의미하는지는 한눈에 알아볼 수 있었다.

점토를 사 와 마미즈의 그림을 재현해보려 했지만, 워낙 손재주가 없는 터라 잘 되지 않았다. 시행착오를 거듭하면서도 어떻게든 이것만큼은 시간에 맞추어 완성하고 싶은 마음에 최선을 다했다.

그때였다.

밤늦게 마코토 아저씨 휴대폰으로 전화가 걸려왔다.

며칠 전부터 마코토 아저씨는 빚쟁이들을 피해 다니기를 포기하고 계속 마미즈의 병실에 머물렀다. 마미즈의 죽음이 가까워진 탓도 있었다. 따지고 보면 마미즈와 리츠 아주머니에게 빚쟁이들의 화살이 돌아갈까 봐 걱정했던 까닭은 마미즈의 치료비 문제가 컸다. 그래서 아저씨가 수시로 마미즈의 병실을 찾기 시작하면서, 나는 안도하는 한편으로 어딘가 상반되는 감정을 맛보기도 했다. 그러한 변화는 그만큼 마미즈의 죽음이 임박했다는 뜻이기도 했기 때문이다.

–마미즈가 마지막으로 타쿠야 너를 만나고 싶다는구나.

나는 부리나케 택시를 잡아타고 병원으로 향했다.

하지만 너무 늦었다.

내가 병원에 도착했을 때, 마미즈는 이미 세상을 떠난

후였다. 사람이 죽으면 정말로 얼굴에 흰 천을 덮는구나. 그런 얼빠진 생각을 했다.

"아까까지만 해도 의식은 있었어."

속상하다는 듯 마코토 아저씨가 말했다.

"살아 있을 때 충분히 이야기했으니까요."

나는 가까스로 그렇게 대답했다.

마코토 아저씨와 리츠 아주머니에게 양해를 구하고, 죽은 마미즈의 얼굴을 보았다.

웃고 있었다.

믿을 수가 없었다. 어쩌면 단순히 내 눈의 착각인지도 몰랐다.

하지만 그 모습은 역시 평화롭게 영면에 든 얼굴이라 해도 무방할 것처럼 보였다.

"마미즈가 네게 전해달라고 하더라."

마코토 아저씨는 뭔가 복잡한 표정으로 내게 보이스 리코더를 내밀었다.

"한 열흘쯤 전부터이려나? 조금씩 녹음한 것 같더라. 타쿠야 네가 들어줬으면 한다면서."

몰랐다. 마미즈는 내 앞에서는 이 보이스 리코더를 꺼낸 적이 없었다.

마코토 아저씨와 리츠 아주머니에게 인사를 하고 병실

을 나섰다.

새벽 세 시가 넘은 시간이었다. 병원 앞 도로에도 지나다니는 차는 거의 찾아볼 수 없었다.

여기서 집까지는 조금 멀어서 한 시간 반 정도 걸리지만, 걸어가고 싶었으므로 걸어가기로 마음먹었다. 걸어가는 사이에 아침이 밝아와, 언젠가 이 길에도 빛이 비쳐들겠지.

심야의 간선 도로에 차가 올 기미는 거의 없었다. 나는 충동적으로 도로 한복판으로 나갔다.

평소에는 무수한 차량이 오가는 사차선 도로에 나 홀로 서 있었다.

그대로 간선 도로 한가운데를 성큼성큼 걸었다.

언젠가 마미즈에게 선물 받은 이어폰을 꽂고, 녹음된 음성을 들어보았다.

신기하게도 눈물은 아직 나오지 않았다. 멍해진 머리로 울기에는 아직 조금 이른지도 모르겠다고 생각했다.

『그런데 사실 제게는 아직 『죽기 전에 하고 싶은 일』이 몇 가지 더 남아 있답니다.

이 음성을 남기는 것도 그중 하나였고요.

성가시다고 생각해?

그래도 부디 잘 들어주세요.

그 내용을 지금부터 발표해볼까 합니다.

두구두구두구두구 짜잔!

우선 첫 번째 소원입니다.

제가 죽거든 밤에 화장터에서 시신을 태워주세요.』

그 부분까지 들은 나는 허둥지둥 마코토 아저씨에게 전화를 걸어 사정을 설명했다. 왜 그런 이야기를 가족이 아니라 나한테 하느냐는 생각이 들었다. 지금처럼 나를 당황하게 만들고 싶었는지도 모르고, 어쩌면 시즈사와 소우의『한 줄기 빛』을 가족들에게 설명하기가 조금 부끄러웠는지도 모른다.

마미즈의 장례식에는 많은 조문객이 참석했다. 나는 어쩐지 머쓱한 기분이 들었다. 평소 얼굴 한 번 마주한 적 없는 우리 반 애들까지 와서 엉엉 대성통곡을 해댔기 때문이다.

나는 아직 눈물이 나지 않았다.

내가 마미즈의 부모님과 친밀하게 이야기하는 모습을 보고, 반 애들 중 한 명이 의아한 기색으로 물었다.

"오카다, 와타라세랑 친했어?"

"여자 친구였어."

내 대답에 우리 반 애들이 뭐어~?! 하고 다들 놀란 목소리를 냈다.

"거참 시끄럽네."

나는 말했다.

『그리고 제 장례식에는 꼭 참석해주세요.

타쿠야는 왠지 그런 거 땡땡이칠 것 같으니까.

그래서 제가 여자 친구였다고 모두에게 이야기해주세요.

나 타쿠야 네 여자 친구인 거 맞지?

말로 확실하게 못 박은 적이 없어서 약간 자신이 없기는 하지만.

만약 타쿠야에게 그런 생각이 없었다 하더라도, 그냥 지금부터 저를 여자 친구로 삼아주세요.

어린 나이에 세상을 떠난 가엾은 소녀에게도 근사한 남자 친구가 있었다고 모두에게 과시하고 싶으니까.

그리고 타쿠야 역시 이렇게 예쁜 여자 친구가 있었다고 자랑해주었으면 하니까.』

당연한 이야기지만 화장터는 원래 밤에는 문을 열지 않는다. 하지만 가끔 발광병 환자가 밤에 자기 시신을 태워달라는 유언을 남기는 경우가 있는 것 같았다. 그래서 일종의 특례로 인정받게 되었다.

보통 가까운 친척들만 가는 화장터에 카야마를 데리고 둘이 함께 갔다. 물론 사전에 마코토 아저씨의 허락을 받았다.

우리는 적당한 타이밍에 자리를 빠져나와, 마미즈의 유골을 줍는 대신[#6] 화장터 굴뚝이 잘 보이는 언덕으로 올라갔다.

주위는 기본적으로 조용했다. 이따금 아주 먼 어딘가의 도로를 생각났다는 듯 달려가는 차 소리만이 들려올 뿐이었다.

이윽고 마미즈의 화장이 시작되었다.

하늘에는 보름달이 떠 있었다.

마미즈의 주검은 불에 타 연기로 변해 굴뚝을 타고 상공으로 하늘하늘 날아올랐다. 그 옅고 희끄무레한 연기에는 은은한 빛이 감돌았다.

달빛 속에서 연기는 한 가닥 빛으로 변해 하늘로 올라갔다.

구름 한 점 없는 밤하늘을 배경으로, 연기로 변한 마미즈의 유해는 희푸르게 빛났다.

마미즈와 함께 했던 나날들이 주마등처럼 떠올랐다가

#6 마미즈의 유골을 줍는 대신 일본에는 화장 후의 유골을 유가족들이 젓가락으로 유골함에 주워 담는 풍습이 있음.

사라져갔다.

저건 마미즈의 유해다.

현실에서 벌어지는 일이라고는 믿기 힘든 광경이었다.

이렇게 말하면 불경하게 들릴지도 모르지만…… 오로라나 무지개처럼 반짝반짝한 것보다 훨씬 더 아름다운 빛이었다. 섬뜩할 만큼 아름다웠다.

그 빛줄기가 밤하늘로 녹아드는 모습을 바라보며 나는 생각했다.

이 광경을 평생 잊지 말자고 생각했다.

그리고 뒤이어 마미즈에게 이 광경을 보여주고 싶다는 어처구니없는 생각을 하기도 했다.

"생각보다 예쁘네."

카야마가 소박한 감상을 피력했다.

"『한 줄기 빛』보다 아름다워."

나는 그렇게 대꾸했다.

우리는 함께 담배를 피웠다. 그리고 그 빛이 사라질 때까지 거의 아무 말 없이 쭉 그 자리를 지켰다. 입을 열고 싶지 않았다. 살다 보면 가끔 아무 말도 하지 않는 편이 낫다 싶은 상황에 직면할 때가 있다. 지금이 바로 그런 때였다.

그 후 우리는 집으로 돌아가기로 했다.

카야마가 자전거를 타고 왔으므로 둘이 같이 타고 가기로 했다.

『친구를 많이 사귀도록 해.

나한테는 결국 단짝이라고 부를 만한 친구가 없었으니까.

친구를 갖고 싶었어.

그러니 저 대신 타쿠야가 친구를 사귀어주세요.』

우리 집과 카야마네 집은 꽤 멀다. 그런데도 카야마는 나를 집 근처까지 바래다주었다. 나는 고마움을 표시하고 자전거에서 내렸다.

"간다."

그렇게만 말하고 카야마는 곧바로 유턴해서 페달을 밟으며 멀어져갔다. 원래 그런 녀석이다. 그렇게 생각했을 때, 카야마가 갑자기 이쪽을 돌아보았다. 헤어질 때 카야마가 뒤돌아본 것은 아마 처음 아닐까 싶었다. 나는 움찔 몸을 굳혔다. 하지만 카야마는 아무 말도 하지 않았다. 뭔가 말하려고 했지만 입이 떨어지지 않는지도 모르겠다고 생각했다.

조바심이 나서 내가 먼저 소리쳤다.

"야, 카야마!"

굳이 수십 미터 떨어진 곳까지 가서 할 말이 뭐가 있을까. 일반적인 거리감으로는 차마 하기 힘든 말이 뭘까. 생각한 끝에 나는 입을 열었다.

"우리, 친구 맞지?"

카야마는 무표정한 얼굴로 나를 보았다. 노려보는 것 같은 눈초리였다.

"당연하지."

그리고 카야마는 잠시 침묵하다가 덧붙였다.

"쪽팔리니까 그런 거 묻지 마!"

카야마는 웃으며 다시 자전거 페달을 밟았다. 안장에서 일어선 채였다.

그리고 더 이상은 뒤돌아보지 않았다.

『그러고 보니 카메노스케는 잘 지내나요?

먹이 잘 챙겨주고, 오래오래 살게 해주고.

애정을 듬뿍 쏟으며 예뻐해 주세요.』

최근에서야 알게 된 사실이지만, 카메노스케는 꽤나 문제아였다.

걸핏하면 도망쳤다.

무슨 수를 쓰는지 잠시만 눈을 떼면 수조 밖으로 기어

나와 집안 곳곳을 배회했다. 그때마다 나와 엄마는 다급하게 카메노스케를 찾아다녔다. 카메노스케는 특히 욕실을 좋아했다.

"바다로 돌아가고 싶은 걸까?"

엄마가 문득 생각난 것처럼 중얼거렸다.

"엄마랑 비슷한 말을 한 애가 있었는데."

"우리 차 끌고 가볼래?"

엄마가 또다시 즉흥적인 아이디어를 내놓았다.

결국 엄마의 제안에 응하여, 우리 두 사람과 한 마리는 차고로 향했다.

"둘이서 바깥 나들이하는 것도 오랜만이네. 네 누나가 죽고 나서 처음인가?"

"그야 이 나이쯤 되면 엄마랑 단둘이 놀러 다니는 게 더 이상하지."

아직 겨울이라 춥기는 했지만 그래도 날씨는 맑았다. 지난번에 왔던 그 바닷가였다. 근처에 바다가 널려 있는 것도 아니니 어쩔 수 없는 일이다. 엄마는 집에서 비닐 돗자리를 가지고 왔다. 그것을 모래사장에 깔고 둘이 나란히 앉았다. 그런 다음 카메노스케를 수조에서 꺼내 모래밭에다 풀어주었다. 그러자 카메노스케는 여유로운 걸음걸이로 느릿느릿 움직였다. 어쩐지 활기차 보였다.

“타쿠야, 요전에 같은 반 애 장례식에 다녀왔지?”

“응.”

나는 아직까지 엄마에게 마미즈 이야기를 자세하게 하지 않았다. 쑥스럽고 낯간지러운 탓도 있었지만, 딱 부러지게 정리해서 설명하기가 어렵다는 이유도 있었다.

“아는 애였니?”

“……응.”

“그랬구나.”

엄마는 그 이상 아무것도 묻지 않았다. 그 반응이 조금 뜻밖이었다.

“있잖아, 엄마.”

“응?”

“나 말이야, 메이코 누나 진짜 좋아했었어.”

내말에 엄마는 나를 보며 웃었다. 그리고 “알아.”라고 조용히 대답했다.

“난 차가운 인간이 아니야.”

목소리가 떨리려 했다. 치밀어 오르는 감정을 필사적으로 억눌렀다.

하지만 무리였다.

이상했다.

눈물이 그칠 줄 모르고 흘러내렸다.

어째서 정작 필요할 때는 울지 못하고 엉뚱한 상황에서 눈물이 나는지 알 수가 없었다.

"알아, 타쿠야."

엄마는 그렇게 말하며 내 머리를 쓰다듬었다. 나는 얌전히 그 손길에 몸을 내맡겼다.

그러다 엄마가 갑자기 벌떡 일어서더니 양손을 입가에 가져다 댔다. 그렇게 손으로 마치 확성기 같은 모양을 만들고는 느닷없이 빽 소리를 질렀다.

나는 그만 화들짝 놀라고 말았다. 나뿐만 아니라 바다를 향해 나아가던 카메노스케까지 깜짝 놀라 이쪽을 돌아보았다.

"뭐 하는 거야?"

"그냥."

파도 소리만이 울려 퍼졌다. 나는 말없이 축축한 모래 냄새만 맡고 있었다.

"이제 갈까?"

엄마가 먼저 입을 열었다.

찾아보니 카메노스케는 바다와 모래사장의 경계에서 밀려오는 바닷물에 몸을 적시며 꼬물꼬물 걷고 있었다.

"카메노스케, 두고 갈까?"

"타쿠야, 바보 같은 소리 하지 마."

"농담이야."

카메노스케를 도로 데려와서 차에 올라탔다. 출발할 때 엄마에게 부탁했다.

"가는 길에 마트에 들렀다 가자."

"마트는 왜?"

"카메노스케한테 여자 친구를 만들어줄까 하고."

뒤돌아보자, 카메노스케가 어리둥절한 기색으로 나를 바라보고 있었다.

『결혼해서, 가능하면 아이는 세 명 낳고 싶어.

딸이 좋지만, 아들이라도 귀여울 거라고 생각합니다.

집은 작아도 되니까 마당 딸린 단독 주택으로. 하지만 살다 보면 정든다는 말도 있으니 사실은 어디든 상관없다고 생각합니다.

나 이런 거, 얼마 전까지만 해도 생각조차 해본 적이 없었어.

그야 그럴 만도 하잖아?

태어나지 않았더라면 좋았을 거라고 생각했던 사람이 아이를 갖고 싶다고 생각하다니, 말이 안 되잖아?

그렇지만 지금은 갖고 싶습니다.』

얼마 후 겨울 방학이 끝나고, 연초에 다소 놀라운 뉴스를 접했다.

요시에 선생님이 결혼하게 되어 이번 학기를 끝으로 퇴직한다는 소식이었다.

듣자 하니 남편과는 맞선으로 만난 것 같았다. 겨우 반년쯤 전까지만 해도 카야마와 사귀는 사이였건만. 그 스피디한 진행 속도에 나는 약간 놀랐다.

반면에 카야마는 그다지 충격받은 눈치는 아니었다.

"평범한 회사원이라던데. 근데 애들이 돌린 사진을 보니까 웃음이 나올 만큼 못생겼더라고."

그런 사진을 대체 누가 돌리나 싶었지만, 카야마가 휴대폰으로 보내준 사진을 보니 정말 그 남자는 머리가 반들반들하게 벗겨져서 요괴로 치면 대머리 요괴 누라리횬 같은 인상이었다.

그로부터 며칠 후, 시간표상 1교시가 요시에 선생님의 담당 과목이던 어느 날 아침에 등교하니 칠판에 낙서가 되어 있었다.

요시에 쌤 결혼 축하해요.

그런 문구와 함께 대머리 예비 신랑의 캐리커처와 하트 마크를 분필로 그려놓았다.

요시에 선생님이 들어와서 그 낙서를 보더니, 민망한

기색으로 서둘러 칠판을 지웠다.

“아이참, 장난친 사람 누구야?”

그렇게 볼멘소리를 했지만, 아주 싫지만도 않은지 요시에 선생님은 약간 기뻐하는 눈치였다.

그런 유치한 장난을 칠 사람은 이 교실에 한 명뿐이라는 사실을 나도, 그리고 아마도 요시에 선생님도 알고 있었다.

“너 의외로 그림 잘 그리네.”

카야마는 내 말에 천연덕스러운 얼굴로 무슨 소리냐며 오리발을 내밀었다. 하지만 그 교복 소매에 분필 가루가 묻어 있는 것을 나는 놓치지 않았다. 하지만 결국 그냥 못 본 셈 치고 넘어가 주기로 했다.

『해주고 싶은 게 참 많았는데. 이것저것 해주고 싶었는데.

나는 늘 타쿠야 네게 받기만 했을 뿐, 해줄 수 있었던 일은 거의 없었지.

못난 여자 친구라서 미안해.

그래도 빨리 새 여자 친구가 생기기를 바랄게요.

언제까지나 전 여자 친구를 잊지 못하는 남자는 못쓰는 법이니까요.

그래도 가끔은 내 생각을 해줄 수 있지?』

딱 한 번 리코짱 선배를 만난 적이 있었다.

일요일에 그 메이드 카페 근처를 지나가다가 찻길 건너편 인도에서 선배의 모습을 발견했다.

리코짱 선배는 웬 키 큰 남자와 팔짱을 끼고 걷고 있었다.

소리쳐 부를까 했지만, 역시 그만두기로 했다.

왜냐하면 그 모습이 무척 행복한 광경처럼 보였기 때문이다. 선배는 시종일관 생글생글 웃는 얼굴로 그 남자에게 무언가 열심히 말을 걸고 있었다. 그 시간을 망가뜨리고 싶지 않았다.

그 순간이 영원히 계속되면 좋겠다고 생각했다. 그러기를 바랐다. 한편으로는 약간 부럽다는 생각도 들었다.

그날 이후로 리코짱 선배를 만난 적은 없었다.

사십구일재도 지나가고 반년 후에 마미즈의 묘가 완성되었다. 마코토 아저씨가 같이 마미즈를 보러 가지 않겠느냐고 제안했다. 처음 그 이야기를 들었을 때, 나는 나중에 혼자서 몰래 보러 갈 작정이었다. 어쩐지 이것저것 조금 부끄러웠기 때문이다.

하지만 그래서야 예전의 자신과 다를 바 없지 않은가 하는 생각이 들었다.

사랑하는 이가 죽었을 때는
자살하지 않으면 안 됩니다.

나카하라 츄야의 그 시에는 사실 뒷부분이 더 있었다.

당시 나는 끝까지 꼼꼼하게 읽지 않았지만, 얼마 전에 다시 한번 읽어보니 다른 내용이 적혀 있었다.

그 내용은 다음과 같았다.

하지만 그럼에도 업이 깊어
계속 생이 이어지거든
템포에 맞추어 악수를 합시다.

무슨 뜻일까 한동안 생각해보았다. 그러다 그렇게 고심할 만큼 깊은 의미도 없음을 깨달았다. 아마도 살아남은 사람은 살아남은 사람들끼리 사이좋게 살아가는 수밖에 없다는 이야기겠지.

어쨌든 그래서 나는 카야마를 불러내 마코토 아저씨가 마중 나오기로 한 약속 장소인 역 앞으로 향했다.

"야, 너 그거 뭐냐?"

카야마가 다소 놀란 기색으로 물었다. 내가 물을 약간

담은 양동이에 카메노스케와 그 여자 친구를 넣어 데려왔기 때문이다. 참고로 이름은 아직 못 붙였다. 그래도 조만간 제대로 지어주기는 할 거다.

"아 그게, 거북이를 좀 데려가 볼까 해서."

"보통 사람들은 남의 묘에 갈 때 거북이를 좀 데려가 볼까 하는 생각은 안 하거든?"

그런 이야기를 나누는 사이, 마코토 아저씨의 차가 도착했다.

"오랜만이다.

아저씨는 직업을 바꾸었다고 했다. 영업 쪽 일을 한다고 들었는데, 예전과는 분위기가 조금 달라졌다. 옷차림도 어쩐지 말쑥했다. 아저씨는 거북이 두 마리를 보고도 딱히 놀란 표정을 짓지는 않았다.

"오랜만이구나, 타쿠야."

조수석에는 리츠 아주머니가 있었다. 두 사람은 재결합하지는 않았지만, 그래도 옛날보다는 자주 만나게 된 것 같았다.

그러고 보니 리츠 아주머니가 나를 이름으로 부른 것은 처음 아닌가 하는 생각이 들었다.

"잘 지내지?"

마코토 아저씨가 마치 오랜만에 만난 아버지 같은 느낌

으로 말문을 열었다.

"얼마 전에 스케이트보드를 시작했어요."

나와 함께 뒷좌석에 앉은 카야마가 그 질문에 답했다. 카야마는 요새 정말로 스케이트보드를 시작해서 깨지고 까진 자잘한 상처들을 여러 개 달고 다녔다. 무슨 재미인지 통 모르겠는 데다 같이 할 마음도 들지 않았지만, 드물게 무언가에 진지하게 열을 올리는 카야마를 보니 그리 나쁜 기분은 들지 않았다. 카야마의 대답에 아저씨는 유쾌한 듯 맞장구를 치며 웃었다.

"타쿠야, 넌 뭐 시작 안 하냐?"

마코토 아저씨가 내게 물었다.

"저도 뭔가 시작할 거예요."

뭐를 할지는 모르지만, 슬슬 시작해도 될 때라고 생각했다. 너무 오래 미적거리면 마미즈가 실망하고 말 테니까. 아니, 실망이라기보다 지루함을 못 견뎌 난리를 피울 테지. 그런 느낌이 들었다.

그러고 보면 마미즈의 노트에는 아직 내가 실행하지 못한 것들도 몇 가지 남아 있었다. 얼마 전에 다시 훑어보다가 피식 웃고 말았는데, 죽기 전에 팔꿈치를 턱에 대보고 싶다는 내용도 있었다.

"야, 카야마. 너 팔꿈치를 턱에 댈 수 있어?"

"……안 될 것 같은데?"

카야마는 한동안 낑낑거리며 안간힘을 써보았지만, 이내 포기하고 말았다. 운전 중인 마코토 아저씨까지 도전하려고 해서 허둥지둥 뜯어말려야 했다. 될 것 같으면서도 의외로 안 되는 게 정말 어렵다. 푸앵카레 추측을 뛰어넘는 난제일지도 모르겠다.

"아, 그러고 보니 새로 산 거북이에게 이름을 지어주려고 하는데요. 뭐 괜찮은 거 없을까요?"

나는 모두를 향해 물었다.

"사쿠라."

창밖으로 흘러가는 꽃망울을 터뜨리기 시작한 벚꽃(櫻, 사쿠라)을 곁눈질하며 마코토 아저씨가 입을 열었다.

"아저씨, 혹시 마미즈의 이름을 지었을 때는……."

나는 불길한 예감을 느끼며 물었다.

"그야 물론 물(水, 미즈) 마시고 있었지. 숙취 때문에."

"그럼 만약 그때 마시던 게 차 종류였으면 어떡하셨을 건데요?"

카야마가 쓸데없는 질문을 했다.

"녹차였으면 미도리(みどり, 녹색)가 됐겠지."

"최악이네요."

나는 하핫 웃음을 터뜨리며 대꾸했다.

"타쿠야, 어쩐지 좀 밝아진 것 같은데?"

마코토 아저씨가 백미러로 내 표정을 살피며 말했다.

"템포에 맞추어 악수하는 거예요."

내 대답에 아저씨가 의아한 표정을 지었다. 그럴 만도 했다.

그때 휘파람을 불며 손을 척 내미는 바보가 있었다. 물론 카야마였다.

"네가 바보라서 참 다행이야."

나는 카야마의 손을 마주 잡으며 말했다.

묘지는 차로 20분 정도 걸리는 곳에 있었다. 일종의 관광 명소여서 사람들로 북적거리는 절과 인접한 무척 넓은 묘지였다.

"우와, 반짝반짝하네요. 신축이란 느낌?"

마미즈의 무덤을 본 카야마가 얼빠진 감상을 늘어놓았다. 그 말에 웃음 짓는 마코토 아저씨를 본 순간, 어느새 그 목에 감겨 있는 목도리가 눈에 들어왔다. 아마 차에서 내릴 때 둘렀겠지. 마미즈가 짠 그 목도리였다.

"봄인데 목도리를 하셨네요."

내가 넌지시 지적하자, 마코토 아저씨는 쑥스러운 미소를 지었다. 3월 말이라서 아직은 조금 쌀쌀했지만, 목도리를 한 사람은 아저씨 혼자였다. 하기는 거북이를 데리고 온 사람도 나밖에 없었지만.

나는 결국 최근에 와서야 겨우 완성한 그 스노우 볼을 호주머니에서 꺼내 마미즈의 무덤 옆에 놓았다.

스노우 볼 안에는 제각각 웨딩드레스와 턱시도를 차려입은 남녀가 다정하게 서 있었다. 마치 그곳만 시간이 멈춘 것처럼.

그리고 넷이서 마미즈의 묘 앞에서 두 손을 모으고 눈을 감았다.

이제 곧 봄이 온다.

마미즈를 처음 만난 계절이다.

하지만 나는 이제 죽고 싶은 마음은 들지 않았다.

벚꽃이 피는 것이 기대되기까지 했다.

호주머니에서 보이스 리코더를 꺼내 이어폰을 귀에 꽂았다.

지그시 눈을 감고, 그날 이후로 수없이 들어온 마미즈의 목소리에 다시 한번 귀를 기울였다.

『아빠가 전화로 당신을 부르는 소리를 들었습니다.

이제 곧 최후의 순간이 다가옵니다.

이것이 정말 마지막 부탁입니다.

저는 행복이 좋습니다.

그리고 지금 더없이 행복합니다.

죽음은 무서워서 견딜 수 없지만, 무섭고 또 무서워서 심장이 멎어버릴 것 같지만.

그래도 더 이상 무섭지 않습니다.

행복합니다.

타쿠야, 당신은 어떤가요?

부디 저를 위해 행복해져 주세요.

당신의 행복을 진심으로 기도합니다.

와타라세 마미즈로부터. 이것이 마지막 통신입니다.

안녕.

사랑합니다.

사랑해.

사랑해.』

마미즈의 묘에는 시즈사와 소우처럼 「무」라고 적혀 있지 않았다.

그저 심플하게.

와타라세 마미즈

그 이름만이 새겨져 있었다.

나는 그것으로 됐다고 생각했다.

■작가 후기

여러분, 처음 뵙겠습니다. 이 작품이 제 데뷔작입니다.
읽어주셔서 감사합니다.

이 소설의 등장인물들은 어쩌면 조금 유별나게 보일지도 모릅니다.

주인공 타쿠야가 살아가는 방식에서는 어딘가 자포자기한 느낌이 나고, 카야마도 그저 단순한 쾌락주의자처럼 보이지만 의외로 뒤틀린 구석이 있습니다. 다른 등장인물들 역시 전부 조금씩 이상합니다.

하지만 제게는 그들이 크게 유별나다고 생각되지는 않습니다. 일부러 특이한 삶을 선택한 게 아닙니다. 저마다 필사적으로 최선을 다해 살아가고, 그 결과 삶에서 무언가 어려움을 느끼는 그런 사람들일 뿐이라고 생각합니다.

10대 시절, 저도 그들처럼 삶에서 어려움을 느끼고는 했습니다.

어디에도 풀 곳 없던 제 감정의 유일한 해방구는 소설이었습니다. 그래서 언제부터인가 저도 자연스럽게 소설을 쓰게 되었습니다. 소설가가 되고 싶다. 그렇게 생각했지만, 동시에 불가능할지도 모른다는 생각도 들었습니다.

결국 그 상태로 대학을 졸업해서 취직을 했습니다. 일에 쫓기는 사이, 소설을 쓰려는 의욕도 차츰 사라졌습니다.

“소설가라니, 그런 게 될 수 있을 리 없어.”

그게 제 입버릇이었습니다.

“반드시 될 수 있어. 그러니까 돼줘.”

그렇게 말해준 친구가 있었습니다. 제가 쓴 글을 재미있어하며 읽어주던 친구. 그런 친구가 자살한 날 밤에도 저는 회사에서 일을 하고 있었습니다.

그날부터 저도 소설 속의 주인공처럼 살아 있다는 사실에 줄곧 죄책감을 느꼈습니다. 그리고 죽은 친구가 무슨 생각을 했는지, 그 진실 또한 알 수 없는 상태로 남았습니다.

잠이 오지 않아 밤이면 자주 산책을 나갔습니다. 몇 시간씩 걸어 다닌 끝에 아침을 맞은 어느 날, 소설을 쓰기로 마음먹었습니다.

그래서 저는 회사를 그만두고 소설을 쓰기 시작했습니다.

이 세상은 불합리하고 괴롭고 지독한 일들로 가득합니다.

그러니 죽고 싶어지는 것도 당연하다고 저는 생각합니다.

그래도 살아가자고, 그런 마음이 들게 하는 소설을 쓰고 싶다고 생각했습니다.

만약 누군가에게 조금이나마 그런 작품이 되었다고 한다면 무척 기쁠 것 같습니다.

돌이켜보면 그 시절의 저보다 죽은 친구의 말이 더 옳았구나 하고 소설가가 된 지금에 와서야 생각합니다. 장차 타쿠야가 무엇을 하며 살아갈지 몰라도, 타쿠야뿐만 아니라 그처럼 삶에서 어려움을 느끼는 모든 이들이 스스로를 믿고 힘을 낸다면 좋겠다는 생각을 해봅니다.

괜찮아. 반드시 해낼 수 있으니까.

이 책이 나오기까지 많은 분들의 도움을 받았습니다. 작가인 저의 상상을 훨씬 능가하는 이미지를 그려주신 loundraw 님. 일러스트를 처음 보았을 때, 감격한 나머지 저도 모르게 탄성을 지르고 말았습니다. 그리고 훌륭한 추천사를 써주신 야마구치 코자부로 님, 아야사키 슌 님, 아오이 블루 님. 동경의 대상이었던 여러분께 과분할 만큼 귀한 메시지를 받았습니다. 담당 편집자 유자와 님, 엔도 님. 서툴기만 한 작가와 작품에 적절한 방향성을 제시

해주셨습니다. 여기에 언급되지 않은 분들을 비롯해, 모든 분들께 진심으로 감사드립니다. 혼자 써 내려가기 시작한 작품이 이토록 많은 분들의 도움을 빌려 세상 빛을 보게 되다니, 10대 때는 상상조차 하지 못했던 일입니다.

미흡한 구석도 있을지 모르지만, 지금의 제 전부를 이 소설에 담았습니다.

지금의 내가 쓸 수 있는 이야기는 눈앞에 있는 작품에 모조리 써버리자. 언제나 그렇게 생각하며 소설을 완성하지만, 사흘만 지나면 또 무언가 쓰고 싶어집니다. 못다 한 이야기가 있는 느낌이 들기 시작합니다.

그러니 앞으로도 죽을 때까지 계속 소설을 써나가겠습니다.

다음 작품에서 다시 여러분을 만나 뵐 수 있기를 바라며.

사노 테츠야

*이 이야기는 픽션입니다. 실존 인물 및 단체와는 일절 관계가 없습니다.

너는 달밤에 빛나고

1판 1쇄 발행 2018년 4월 20일
1판 28쇄 발행 2024년 10월 11일
지은이 사노 테츠야 **옮긴이** 박정원 **펴낸이** 최원영
본부장 장혜경 **편집장** 김승신 **편집** 원서은 **북디자인** 이혜경디자인
본문조판 양우연 **국제업무** 박진해 조은지 남궁명일 **마케팅** 김민원 조은걸
펴낸곳 (주)디앤씨미디어 **출판등록** 2002년 4월 25일 제20-260호
주소 서서울시 구로구 디지털로 32길 30, 코오롱디지털타워빌란트 1301-1308호
전화번호 02.333.2513 **팩스** 02.333.2514

ISBN 979-11-278-4474-5 03830

정가 12,000원